荷葉羅裙一色裁芙
蓉向臉兩邊開亂入池
中看不見聞歌始覺
有人來　王昌齡　採蓮曲
丁酉槐月　戴傳善

丛书主编　戴伟华

诗词与锦帛

曾艳　著

暨南大学出版社
JINAN UNIVERSITY PRESS

中国·广州

图书在版编目（CIP）数据

诗词与锦帛/曾艳著. —广州：暨南大学出版社，2017.12
ISBN 978 - 7 - 5668 - 1767 - 9
（诗歌中国）

I. ①诗⋯　Ⅱ. ①曾⋯　Ⅲ. ①诗词—作品集—中国　Ⅳ. ①I22

中国版本图书馆 CIP 数据核字（2016）第 042824 号

诗词与锦帛
SHICI YU JINBO
著　者：曾　艳
···

出　版　人：徐义雄
策　　　划：杜小陆　潘雅琴
责任编辑：刘　晶　颜　彦
责任校对：苏　洁
责任印制：汤慧君　周一丹

出版发行：暨南大学出版社（510630）
电　　话：总编室（8620）85221601
　　　　　　营销部（8620）85225284　85228291　85228292（邮购）
传　　真：（8620）85221583（办公室）　85223774（营销部）
网　　址：http://www.jnupress.com
排　　版：广州良弓广告有限公司
印　　刷：佛山市浩文彩色印刷有限公司
开　　本：850mm×1168mm　1/32
印　　张：7.375
字　　数：150 千
版　　次：2017 年 12 月第 1 版
印　　次：2017 年 12 月第 1 次
定　　价：33.80 元

（暨大版图书如有印装质量问题，请与出版社总编室联系调换）

总　序

　　中国是伟大的诗歌国度，诗歌承载着内涵深厚的中国文化。"诗歌中国"的亮相，就是希望用诗来歌咏中国文化的灿烂辉煌。"诗歌中国"不仅要让人们了解诗与文化的关系，而且要让人们通过读诗来感悟中国文化的构成及其品质，体察中国文化的博大精深。可以说，一部中国诗歌史，就是一部中国诗歌文化史。

　　中国诗歌发展史以"诗""骚"为其发端，而又影响后世，并形成诗歌的"风"（《诗经》）、"骚"（《楚辞》）传统。

　　《诗经》展示的是西周初年到春秋中叶的文化画卷。孔子说："不学诗，无以言。"不学习诗，连话都不会说，当然指说出优美动听的话。不仅如此，结合孔子说的另一段话，所谓"言"还应指言辞中有丰富的文化内涵。孔子说："小子何莫学夫《诗》？《诗》，可以兴，可以观，可以群，可以怨。迩之事父，远之事君，多识于鸟兽草木之名。"（《论语·阳货》）这里说的要讲好话，需要认识社会、认识人与人之间的关系、认识客观世界的名物。孔子只是举其大概而言。事父事君和辨识事物之名，就是指文化内容。也可以说，"兴观群怨"是提升人际交往中表达的文化内涵。兴，是联想能力，比如《关雎》，本是要写爱情，却先说鸟的和鸣。《桃夭》是祝贺新婚的歌，"桃之夭夭，灼灼其华。之子于归，宜其室家"。以桃花起兴，这样写的好处，既含蓄婉转，又渲染主题。观，是观察能力。凡事未必能亲力亲为，但通过读诗可以丰富生活知识，如读《生民》就可以了解周始祖后稷及其农耕历史，知道作物之名：菽、禾、麻、麦、瓜、瓞，并知道如何形容其状态：祁祁、穟穟、幪幪、唪唪，这些词的基本意思是茂盛貌，但有细微差别，如果懂得用不同的词去表达相近的内容，那就能言了，于此才能体会孔子所说"不学诗，无以言"的真正含义。《硕人》对人物的描写，生动传神，"手如柔荑，肤如凝脂，领如蝤蛴，齿如瓠犀，螓首蛾眉，巧笑倩兮，美目盼兮"。一连串的比喻，写出美人的形貌神采。群，是合群能力，指在群体中适当表述，以达到和谐。读《诗经》的人每每惊叹于其"群"的能力。合群能力事实上是在平衡各种关系，其中最重要的是人际关系。《诗经》中对夫妻关系多有描写，如《伯兮》，讲女主人与其丈夫以及与君王的关系。"伯兮朅兮，邦之桀兮。伯也执殳，为王前驱。自伯之东，首如飞蓬，岂无膏沐？谁适为容！"伯，为女主人的丈夫，丈夫英武，为邦国杰出人才。丈夫拿着武器，听从君王的命令奔赴前线。在我、伯、王三者关系中，符合各自身份。在三者关系中又突出了"我"在丈夫离家后，甘心思伯而生首疾。"为王前驱"是夫妻分别的原因，这是女子以自豪的口吻来说的，表扬丈夫因为是邦中之杰而能为王前驱，从中也透出骄傲。怨，是批评能力。"怨"是讽刺，可以解释为批评技巧。《诗经》里怨诗不少，但因比喻而显得含蓄，其中《硕鼠》极具代表性。"硕鼠硕鼠，无食我黍！三岁贯女，莫我肯顾。逝将去女，适彼乐土。乐土乐土，爰得我所？"一般认为这是一首批判当政者的诗，《毛诗序》曰："国人刺其君重敛，蚕食于民，不修其政，贪而畏人，若大鼠也。"朱熹《诗序辨说》曰："此亦托于硕鼠以刺其有司之词，未必直以硕鼠比其君也。"朱熹的话比较可信。从诗的字面上看到的只是痛斥硕鼠破坏庄稼，所谓刺君或刺有司是字面以外的意思。这正符合"温柔敦厚"的诗教。

因为孔子诗学的逻辑起点是"不学诗，无以言"，学诗是"言"的需要而不是写诗的需要。所以说，理解"兴观群怨"之说，应该从"言"出发，掌握了诗的"兴观群怨"的言说技巧，讲话就会用"兴"，先言他物而引起所咏之词；用"观"，观察事物人情，以丰富而准确的语言表述意思；用"群"，在群体中明晰关系，并用恰当的言辞表述，以达到和谐；用"怨"，在批评的话语中以中庸的姿态出现，巧妙运用讽刺的手法，既能批评现实，又含蓄婉转。如达到孔子的要求，学诗以后就可以"言"了：可以"兴"言，可以"观"言，可以"群"言，可以"怨"言。

《楚辞》有鲜明的楚文化特征，宋代黄伯思在《新校楚辞·序》说："盖屈宋诸骚，皆书楚语，作楚声，记楚地，名楚物，故可谓之'楚辞'。"《楚辞》中屈宋诸人之作，都有明显的楚文化特征，其中涉及的神话故事、历史传说、风尚习俗都打上楚文化的印记。《楚辞》中对文化事项的描写也是多方面的，《天问》一篇对天地、自然、社会、历史、人生等提出173个问题。《招魂》中对建筑的描写："高堂邃宇，槛层轩些。层台累榭，临高山些。网户朱缀，刻方连些。冬有突厦，夏室寒些。川谷径复，流潺湲些。光风转蕙，氾崇兰些。"这里涉及了建筑及其环境。

　　唐诗宋词是中国文化辉煌的表现，也是反映文化的重要形式。唐诗名家辈出，文化内涵丰富。盛唐诗是诗歌发展的鼎盛阶段，李白、杜甫、孟浩然、王维、王昌龄、高适、岑参、李颀等大家名家的诗歌创作，表现了广泛的社会生活内容，形成境界雄阔、含蕴深厚、韵味无穷的"盛唐之音"。"诗仙"李白诗风豪放飘逸，"诗圣"杜甫诗风沉郁顿挫，被誉为唐诗史上的"双子星"。中唐是唐诗的中兴时期，韩愈、孟郊、李贺等人，不仅发展了杜甫诗歌奇崛的一面，还追求诗风的浑厚奇险。白居易、元稹等人则发扬杜甫的现实主义传统，作品反映现实生活内容，诗风通俗易懂。晚唐是唐诗发展的衰落期，但杜牧、李商隐诗歌自成一格，杜牧为晚唐七绝的圣手，李商隐则努力表现内心世界的情感体验，诗风凄艳浑融，具有极高的审美价值。

　　唐诗题材广泛，风格多样，其中山水田园、边塞题材诗在盛唐蔚为大观，在诗歌创作中追求奇险怪异和通俗易懂两派分立。

　　以王维、孟浩然为代表的山水田园诗人，继承了陶渊明、谢灵运写作田园山水诗的传统，他们的作品大多是描绘山水田园的自然风光，表现自己闲适隐逸的情趣。以高适、岑参为代表的边塞诗人，大力写作反映边地生活的作品，描写边地战争，表现出对建功立业的热情和对和平生活的渴望；同时也因描写边地风光和异域风情，拓宽了诗歌的表现领域。

中唐出现的奇险诗派和通俗诗派，表现出中唐诗人的开拓精神。以韩愈、孟郊为代表的奇险诗派，又称"韩孟诗派"，这一诗派在诗歌写作上好为奇崛，追求险怪，纠正了大历以来的平庸诗风，以新奇的语言风格和章法技巧来写作，进一步提升了诗的表现功能。以元稹、白居易为代表的通俗诗派，又称"元白诗派"。这一派在诗歌写作上重视写实、崇尚通俗，他们继承了古乐府的精神，自拟新题，缘事而发，在写作中以口语入诗，力求通俗易懂。

词的产生因燕乐繁盛，宋词是与唐诗并称的一代文学之盛。婉约、豪放争奇斗艳。婉约和豪放是就宋词的主要风格而言的，也是大略的划分，因此婉约和豪放也是相对的。所谓婉约是指文辞的柔美简约，作为词的风格，是以阴柔为审美特征的，内容上多写爱情、婚姻和家庭，也涉及羁旅行役、恋土怀乡等。其抒情注重细腻入微、委婉含蓄。而豪放则是指风格豪迈、无所拘束，作为词的风格，是以阳刚为审美特征的，内容上多涉及人生、社会的重大主题，如理想抱负、民族盛衰、国家兴亡和民生疾苦等。其抒情多慷慨激昂、乐观进取。最早提出词分豪放、婉约二体的是明人张綖，他在《诗余图谱》中说："词体大略有二：一体婉约，一体豪放。婉约者欲其词情蕴藉，豪放者欲其气象恢宏。盖亦存乎其人，如秦少游之作，多是婉约；苏子瞻之作，多是豪放。"后人则以此梳理宋词，纳入二体之中，遂有婉约、豪放二派。其实分宋词为二派，过于简单，但优点是能看出宋词的基本发展脉络。

人要诗意地栖居，诗意的核心价值和美丽姿色在文化母体中浸润、孕育、生长。诗的诞生，实缘于生活中诗意的发现。"物之感人"而有"舞咏"矣。钟嵘《诗品·序》云："气之动物，物之感人，故摇荡性情，行诸舞咏。照烛三才，晖丽万有，灵祇待之以致飨，幽微藉之以昭告，动天地，感鬼神，莫近于诗。"这就意味着：具有诗意的外物才能感动人心，因栖居而有诗意，才能写出诗歌，而诗歌又帮助人们生活得更具诗意。可补充一句："非陈诗何以展其义？非长歌何以骋其情。"人要诗意地栖居，构成了人和自然、社会的和谐，形成了诗性的文化生态。

从发生学角度看，"诗言志"的说法值得重新审视。诗首先是叙事。最早的素朴的诗歌已很难寻觅，通常歌谣的开篇是《吴越春秋》中的《弹歌》："断竹，续竹。飞土，逐宍。"宍，古"肉"字。虽然简短，但仍然可以看出其叙事的特征。叙事，是人类认识世界、认识事物最初的表现方式，此处论断可以稍微缓和一点：如抒情，是人类表现、摹写主体内在情感精神的手段。这样比较中和一点，可避免由对比叙事和抒情高下而带来的可能性的争议。当叙事时，人类不断认识客观世界；一旦对客观世界赋予个体情感并去表达时，抒情就出现了，以反映人类试图寻找精神世界与自身环境的沟通。

衡之心理学，儿童对外部世界的认识，应该是从具体认识抽象、从具体认识事物的客观属性再去评价客观事物，而诗歌（歌谣）从叙事到抒情再到言志的过程正和人类认识事物的过程是一致的。

诗的文化阐释，不仅要注意诗的本义，还要注意诗的衍义。在写作方面，必然表现诗本义，即诗的本来意义；在阅读方面，通常又会出现诗衍义，衍义即诗的推演意义。对诗的文化内涵理解的不同往往是诗本义和诗衍义的不同。

诗歌涉及中国文化的方方面面，如地理、交通、礼仪、婚姻、器物、音乐、绘画、书法、建筑、工艺、风俗、天文、宗教等。因此，中国诗歌文化史叙写可以是文化分类的结果。《文苑英华》所收诗歌分天部、地部、帝德、应制、应令、应教、省试、朝省、乐府、音乐、人事、释门、道门、隐逸、寺院、酬和、寄赠、送行、留别、行迈、军旅、悲悼、居处、郊祀、花木、禽兽 26 类。这一分类也可以视为诗歌中文化事项的呈现。本丛书尚不能包括所有文化类项，只是在文化与诗歌联系的某一方面或角度而立题，目前涉及的有诗与玄学、诗与科举、诗与神话、诗与隐逸、诗与山水田园、诗与民族、诗与文馆、诗与战争、诗与游戏、诗与绘画、诗与书法、诗与锦帛、诗与女性、诗与礼俗、诗与外交、诗与航海、诗与数字，另有诗与饮食、诗与养生、诗与送别尚在构思当中。当然，在选题的扩展中，我们想给读者一个诗与中国文化较为完整的知识体系。

美国学者克罗伯说："文化包括各种外显的和内隐的行为模式。"诗歌只是作为具体的载体而承担着对人类行为的说明，同样也是人类行为的文化观念、思维方式和情感取向得以阐释的文本。文化具有包容性，当诗歌成为其载体的一部分功能时，就会去表达文化意义，在文学、艺术、历史、哲学、宗教、民俗等角度参加文化的建构与创造。也许人们认识事物会追求概念，以形而上学的方式去了解历史、了解社会、了解文化的构成。诗歌虽不指向概念，但以其形象直观，而能了解文化的丰富性、复杂性，更为人们认识中国文化的构成提供活生生的图景。

本套丛书的作者和读者在写作或阅读的过程中或许会融入选择联想，把当下的文化体认、精神生活融入古代诗歌中，实现意义重构和有可能的价值置换。不过，社会的发展，物质文明的进步，并不能以失去传统为代价。相反，文化的母题总是在不断重现与强化，如故土故园、家国情怀、乡村归隐、民俗节庆，这些遥远的歌谣会永远回荡在高楼林立的都市上空。

本丛书旨在面向普通大众及海外华人、中文爱好者传播中国经典文化，践行学者的社会职责，也可以为专业研究人士提供参考。诗歌是中华文化的精髓，也是传统文化表现的载体。以诗歌与文化作为宏观视野，展开具体而微的讨论，形成大视野、大背景下的小范畴、新角度，追求学术性与可读性的合一。提倡深入浅出、明白晓畅、雅俗共赏、文采斐然的写作风格。强调著作要具有作者个性，同时也要考虑读者的需求与接受程度。

中国诗歌讲究"言不尽意""言有尽而意无穷"，也就需要读者有丰富的想象去领悟言辞之外的含义。所谓"言不尽意"并不是说言辞能力拙钝不足以表达情感和意志，也不是说言辞受客观情况的限制而不能畅快地表达思想和感情，而是说言辞有限而意义无穷。事实上，"言不尽意"在作者是有意追求的艺术效果，在读者则享有阅读过程中的想象和发挥。言不尽意的效果宛如一幅画："曲终人不见，江上数峰青。"

戴伟华

2017 年 4 月

前　言

2009 年我来到杭州教书。杭州不仅有明丽的山水，更有我喜爱的丝绸。江南盛产丝绸，这我早就知道，然而当我真正深入了解了这里的丝绸产业后，我还是被它的兴盛程度震惊了。

有一段时间，我三天两头就往丝绸市场跑，以至于和那里的好些商家都混了个脸熟。丝绸市场的许多商店都有自己的工厂，规模或大或小，很多都是祖传下来的基业，因而那些店主本身就是行家。起初他们以为我是贩卖丝绸的小贩，及至我对他们解释说不是，我只是对丝绸感兴趣，想了解得更多一些，他们便给我介绍他们所知道的知识。双绉、重绉、乔其、双乔、重乔、乔其烂花、桑波缎、素绉缎、弹力素绉缎……以前并不知道丝绸有这么多的门类，慢慢地也学会了分辨。回头又借了相关的书来看，拿着书中学到的知识再到丝绸市场去印证，如此往返，从中我学到很多。

青年路有一家历史悠久的服装店，可以上溯至清代，专门定制丝绸服装。店里的师傅很健谈，从他师傅的师傅讲到他自己，再到他店里挂着的一件件精美的衣服，除了赞美我再也不知道该作何评价。橱窗里挂着一件仿清代绣花对襟长袄的陈列品，店主说上面的绣花由四个工人花了四个多月时间才绣成。而据我所知，类似于这样的店杭州还有好几家。他们的产品在我看来已不是商品，而是艺术品。我就想，可能早晚有一天我会写一篇关于丝绸的文章。

机遇就这样不期而至。2014年，我得知广州暨南大学出版社在约请华南师范大学文学院戴伟华教授编写"诗歌中国"丛书，便毛遂自荐，写了一篇样稿给戴老师看。稿子得到了戴老师的认可，于是我就有了写作本书的机会。

按照丛书的预设方案，"以诗证史"是基本的出发点。我挑选了丝绸作为论述的对象，以古典诗歌作为主要依据，从诗歌的角度来阐述古代的丝绸文化。无论是诗歌还是丝绸都是我喜爱的东西，所以能将这二者放在一起论述，我自己是乐在其中的。我最大限度地做了资料的搜集与整理工作，将之分门别类，就古代丝绸的门类、产地、用途等方面作分别的论述。限于文章的规模，本书的"诗词"主要是指唐代和宋代的诗歌。原因有二：其一，诗歌以唐宋为最，丛书既然以"诗歌"之名，当然应该以此为主要依据；其二，唐宋文明实乃中华文明的集大成者，各种物质、精神文明都是在唐宋时期定型下来，所以这一时期最具代表性。用最丰富、最成熟的诗歌还原一个最有价值的时代，展现先民当年的生活，我觉得这是最有意义的事情。

当然，本书也不仅仅局限于唐诗宋词，从《诗经》到晚清的诗歌，其实或多或少都有涉及。本书力图以诗歌为据，呈现出古代相对完整的丝绸文化。基于这一理念，本书一共分为五章：第一章主要讨论古代丝绸的分类，以及各地的代表性产品；第二章主要讨论一年四季的丝绸服饰；第三章主要讲以丝绸为原料的穿戴配饰；第四章主要讲丝绸在家居方面的用途；第五章主要讨论丝绸在先民的日常生活中所发挥的其他用途。

通过这些论述，我希望能与读者分享我对于中国这个丝绸古国的认识。限于作者的研究水平，书中如有谬误之处，敬请专家指正。

曾　艳

2016 年 4 月

目 录

第一章　锦帛诗踪

一、丝绸古国

如今是一个同大于异的时代：北京与纽约，地球的两端，一样的高楼林立，人们一样乘坐地铁上班下班，穿同样的运动装或高跟鞋，玩同样的手机和电脑，遭遇同样的金融危机。生活其中，我们似乎已很难寻找到自己的文化性格。

但是时间回溯到古代则不是这样。那时，只要一提到中国，几个关键词不由自主就跳了出来：丝绸、瓷器、茶叶。那是一个古老的中国。

让我们把目光当作一个广角的镜头：从天山到大兴安岭，从北疆草原到南海琼州，无数高山与平原、森林与湖泊，散落着无数聚族而居的炎黄子孙。他们在这片广袤的土地上耕种、劳作、收获、繁衍生息。在食不果腹的年代，他们吃树上的野果，穿简单缝制的兽皮或树皮，住简单搭建的房屋。勤劳的双手不断地改善着他们生存的境遇：衣食住行日益富足，村落与城镇渐次出现，然后就有了商品、贸易，有了与异族人的交往，有了文化的融合……

　　为争取吃饱穿暖而奋斗的阶段总是布满艰辛又乏善可陈。然而在衣食无忧之后，人们开始兴起的种种享受却各有不同。为了解这些先民，我们有必要还原一个当初的状态，去看看当时人们的生活。假如不了解他们，或许我们只会为今天所具备的文明而洋洋自得。然而，当翻开那些厚厚的书卷，古人的生活向我们扑面而来的时候，我们立刻就会惊讶先民们何以能够拥有如此精致的生活——那些神奇的想象力和创造力！只要看看那些现存于博物馆的各种精美艺术品就好了：对我们而言，它们是精妙绝伦的艺术品，但对于若干年前的先民而言，却只不过是些日用品而已。

　　只有物质基础积累到一定程度时，艺术才会成为生活的一种需要。

　　我们把目光放到了那个物产丰饶的唐宋年间。当时的中国已经经历了好几个历史轮回：文王汉武，桀纣隋炀，治世乱世人们都见得多了，"分久必合，合久必分"早已成为人们的共识。而在此时，中国已经经历了三百多年的离乱，是时候恢复大一统的局面了。

　　于是李唐家族站了出来。他们以伟岸的气魄收拾河山，重新予人民以信心，为百姓安居乐业、丰衣足食提供实实在在的保障。百姓不再慌张，流离失所的人重新找到归宿，人们有了足够的时间与精力来建设他们的家园。"锄禾日当午，汗滴禾下土"，三岁就会背的这两句诗令你想到了什么？农民很辛苦？是的，他们的确辛苦，顶着烈日，面朝黄土背朝天，哪有躲在家里或山林里乘凉舒服？然而你可曾想过，对历代农民而言，有禾可锄、有地可种其实也就是他们的生活目标。在动乱的年代，他们甚至连"汗滴禾下土"的机会都没有，等待他们的只有饥饿与死亡。杜甫是这一切的见证者："痴儿不知父子礼，叫怒索饭啼门东。"你能想象此时此刻作为父亲的杜甫心里在想什么吗？当你看惯了"朱门酒肉臭，路有冻死骨"的景象，你还会觉得"锄禾日当午，汗滴禾下土"只是辛苦的写照吗？不，这同时也是一个现世安稳的画面：官员和农民能够各司其职，而劳作本来就是一个农民应尽的本分。看着锄掉的杂草，想象着节节拔高的禾苗和即将到来的收获，不会被征去作战，不会客死他乡，锄完这片草以后回家就有妻子做好的饭菜在等待着他，所以，他此时此刻感受到的很有可能不是辛苦，而是对未来的憧憬。累算什么？作为一个农民，没有烈日当空的劳作哪有秋天硕果累累的丰收？如果不多收一些，交完租税已经所剩无几，种地还有什么意义？所以，这位农民只不过是千千万万深知"勤劳才能致富"这一道理的农民的缩影而已。大唐王朝也如这位农民一样，历经一百来年的辛勤劳动与休养生息，进入了开元年间。此时的李唐王朝是多么富裕！杜甫又是这一盛况的见证者，他深情地写道："忆昔开元全盛日，小邑犹藏万家室。稻米流脂粟米白，公私仓廪俱丰实。"最后一句很重要：公私仓廪俱丰实。国家富了，人民也富了，这才是一个真正不打折扣的富裕国家。

对于一个富裕的国家，我们会很简单地形容它的子民们"过得好"，"好"似乎就是一个最浅显易懂的标准。

问题是，究竟是怎样一个"好"法？

博物馆可以给我们提供一些答案。橱窗里那些珍贵的绢本书画，还有那些精美的服饰、器物，正静静地与时光为伴，接受世人的瞩目，那就是先民们当年的生活。张旭的字、张择端的画，一千多年里不知经过了多少人转手流徙，但现在它们还在，并且不出意外的话，它们还会再存留一千多年甚至更久。它们既是历史的创造者，也是历史的见证者。直到今天，这些由先民创造的艺术品依然焕发着强大的生命力：比如书画，多少学习书法和绘画的人都将它们奉若神明，一遍遍临摹，又为无法得其神韵而望洋兴叹；一幅《清明上河图》为今天的人们提供了多少素材，苏绣、蜀绣、杭绣、粤绣……今天几乎所有的绣种里都必有一幅《清明上河图》，所以橱窗中的这些艺术品可说是沟通古人与今人的桥梁。

当然，从拉近古人与今人距离的角度上看，还有一种比博物馆更有效的载体，它就是诗歌。凭借诗歌，我们可以了解到古人生活里的方方面面：他们的饮食起居，他们的喜怒哀乐，当时的社会动态。我们甚至可以借助诗歌在自己脑海里搭建起他们的家园，了解到他们的人际交往、职业生涯、经济状况等诸如此类。也正是因为有了这些作品，我们才了解到了先民生活中无处不在的锦帛艺术——凭借这些诗歌，我们似乎看到一个丝绸古国正渐次浮现出来。

　　让我们把目光投向位于陕西的古刹法门寺。相传这里存有释迦牟尼真身舍利，因而世世代代香火都十分兴旺。1987年，考古学家们修葺法门寺时惊奇地发现地宫中竟然真的存有释迦牟尼真身舍利，与之相伴的还有七百余件各式各样的唐朝丝织品！

　　舍利的珍贵自不待言，但对于我们普通大众来说，可能那些漂亮的衣裳更具吸引力。设想一下当初的人们是怀着怎样虔诚的心理把这些精美的服饰供奉到这里来的？不是每个人都有资格到这里献祭。虽说众生平等，但法门寺的名气实在太大，女皇武则天献出的祭品就摆在那里，寻常人等岂能随意供奉？

　　女皇供奉的绣裙面料是织金锦。所谓"织金锦"，就是用金丝织成的锦缎。金丝的制作工序是这样的：首先是制作金箔，先将金锭打成薄片，逐层夹入乌金纸中，外裹绷纸，然后在青石砧上不停地用铁锤锤击，锤打三万多次后就可以看到轻如鸿毛、薄如蝉翼的金箔，其厚度约为0.0003毫米，比一张纸烧成灰还要薄。其次是褙金，准备好经水浸湿后的竹制纸或者羊皮，刷上鱼胶，裱成双层，然后粘贴上金箔。再次是研光，即用玛瑙石在野梨木板上对纸金箔研光，使之绝对平整、光亮。再是切箔，即将研光后的金箔切成约0.2毫米宽的片金线。再接下来就是捻金线，即用本色或红、黄色蚕丝作芯线，涂上黏合材料，再将片金线旋绕于丝芯线之上。这么一圈圈缠下来，一米长的金丝要用金线绕三千多圈，要多少米金丝才够织成一条裙子的用料？更何况这只是制作金线而已，从金线再到织锦成衣又是一个多么复杂的过程！

据《新唐书·五行志》记载，安乐公主有一条让人叹为观止的"百鸟裙"。这条裙子"正看为一色，旁视为一色，日中为一色，影中为一色。百鸟之状，并见裙中"。什么样的织造法才能织出如此精美的锦缎呢？

言唐必称宋，紧随其后的宋代又继续发展了唐代高超的丝织技艺。论华丽，除了传统的蜀锦，还有宋锦、云锦、缂丝。李清照在《永遇乐》中回忆起自己年轻时身着"铺翠冠儿，捻金雪柳"，"捻金"即"织金"。一个年轻姑娘尚且如此盛装，我们自然不难想象其他达官贵人们的服饰会多么华丽。当然，论轻柔，宋代也有各式各样的纱罗。陆游曾言"亳州出轻纱，举之若无，裁以为衣，其若烟雾"。人们穿着这样的衣服绝对不是为了遮羞蔽体，一定纯粹出于对美的追求，而美的背后一定是需要高超的丝织技艺为依托的。

丝织品有如此众多的名目：锦、绫、绢、帛、罗、绮、纱、缣、纨、缟……而光是"罗"这一类里就又有大花罗、春罗、暗花罗、孔雀罗、瓜子罗、菊花罗、春满园罗等诸多品种。从中我们可以看出两点事实：第一，唐宋年间的丝织业相当繁荣；第二，唐宋年间人们对于精致生活的追求从来不曾停歇。

相传有一位阿拉伯商人透过衣服看到了唐朝官员胸前长有一颗痣后忍不住赞叹说，贵国真了不起，居然能透过一件衣服看见胸前的痣。而唐朝的官员则哈哈大笑说，哪里是一件，其实是五件！不难想象当时这位阿拉伯商人目瞪口呆的样子。更有学者称，China 一词正源于丝绸中"绮"的发音。可见在外国人眼中，中国似乎就是一个遍地绮罗的神奇国度。

而当我们打开唐诗宋词，古人们的生活朝我们扑面而来的时候，我们的确能够立刻感觉到丝绸在先民的生活中的重要性：衣帽鞋袜等服饰自不必说，床上用品也是丝制而成的，家里的窗户用丝裱糊，灯罩用丝来做，帷幕多用锦罗制成，书画自然也离不开丝绸，连船帆、屏障、地毯都以丝绸制成……

如此，还有什么理由怀疑中国担不担得起"丝绸古国"这一美名呢？

二、名优产地

任何产业发达的标志都包括两点特征：数量丰富，质量上乘。唐宋的丝绸不仅品种丰富，而且各种门类争奇斗艳，普及率十分高——无论是王公贵族还是里巷间的歌妓，身上穿的或身边用的，总离不开丝绸制品。那么这么多的丝绸都是从什么地方来的呢？诗人用他们的作品为我们大概揭示了几大"名优产地"：

（一）蜀锦

自古以来"锦"就因其生产工艺要求高、织造难度大而被视为最贵重的织物。《释名·采帛》："锦，金也，作之用功重，其价如金。"正因"其价如金"，所以"唯尊者得服之"。翻阅诗词，我们可以发现凡是能消费"锦"的人的确都是富贵之人，如苏辙《送龚鼎臣谏议移守青州二首》"千里争看衣锦身"，郑獬《次韵程丞相观牡丹》"只恐晴晖透锦襦"，喻良能《王丞相生辰》"锦衣命服粲煌煌"。从这些诗的题目上就可以看出，穿锦衣的都是谏议大夫或者丞相之类的高官，并非寻常人等。

从造字法中也可看出锦的贵重：其他与丝绸相关的汉字均从"糸"，唯有"锦"从"金"。此外，汉语里但凡与"锦"相关的成语均含赞美之意，如锦衣玉食、衣锦还乡、锦上添花、锦绣河山、锦囊妙计，都可看出人们对锦的推崇。

唐人颜师古解释："织彩为文曰锦。"即锦的制作工艺是先选取已染好颜色的彩色丝线，分为经线和纬线，再经提花等织造工艺织出图案。凡是经线起花的叫经锦，纬线起花的则称为纬锦，传统的织法以纬锦居多。

织锦的花纹与中国的历史传统和审美习惯有着密切的关联，每一种图案的背后，均蕴藏着人们对于吉祥、富贵、丰收的向往，所以锦常见的图案多为团花、龟甲、格子、莲花、对禽、对兽、翔凤等（图1）。

图1　唐代花鸟纹锦

　　各式花样纹锦的织造过程大致如此：先由工匠设计图案，每一种图稿出来后都要做成"意匠图"，即将图像放大后打成格子，一个纵向小格子代表一根经，一个横向小格子代表一根纬，这一过程非常细致，可能图稿本身并不大，但放大制成意匠图稿后却很大。接着是挑花，就是根据格子的变化，用线把花纹的变化全部编到花本上，用古老的结绳记事的方法将经线或纬线编织成暗花程序，成为节本。这个过程极其烦琐，极为耗时，一个熟练的工匠一天下来也就能够挑出1厘米左右的花。在织锦技艺里，挑花是最核心的技术，所以凡能挑花的师傅都是了不起的

图2　花本织锦机（杭州都锦生织锦博物馆展示车间）

匠人，很受人尊敬。完成节本设计后，就可以上织绵机（图 2）进行织造了。按《天工开物》的记载，织锦机至少需要两人配合操作才能启动，机楼上的花工提升经线，织手在下面分段局部按花弹织，提经穿尾，织成纹样。现代化的机器生产解放了人的手与脚，但是基本的织造原理还是一样的，它可以给我们提供一种直观的借鉴。

自蜀汉以来，成都就因锦而闻名于世，"锦官城"即为成都的别称。一般来说，直接以某地命名的产品都说明该地生产的产品能够代表一个行业的领先水平，锦以"蜀"命名，足见其知名度。汉代以来的一千多年里，蜀锦一直是南北丝绸之路上的一朵奇葩，三国时期蜀锦曾是蜀汉和东吴、曹魏的主要贸易商品，《诸葛亮集》："今民贫国虚，决敌之资，唯仰锦耳。"可见锦是当时蜀国的经济命脉。到了唐代，"扬一益二"（益州即今成都）的说法更是进一步肯定了蜀锦之于成都的重要意义，它使成都成为天下数一数二的富裕城市。不仅如此，"蜀锦"的意义还超出了经济范畴，成为一种文化上的象征。黄庭坚《次韵答张沙河》"君材蜀锦三千丈"，吴芾《和李光祖》"丽句还如蜀锦鲜"，周紫芝《千秋岁》"蜀锦词华烂"，这些诗句均以蜀锦喻友人之文采。试问为什么诗人都是用"蜀锦"而非其他种类的丝织品来形容朋友的才华呢？从中我们就可以看出蜀锦在人们心目中的价值：它就是完美的标准，完全可以用它来衡量一切。

蜀锦的重要性还可以从杜甫的《白丝行》中得到印证："越

罗蜀锦金粟尺。"越州所产之罗，蜀州所产之锦，均需以镶有金的尺子来量，当然就不是一般的织物。晏殊《山亭柳·赠歌者》中云"蜀锦缠头无数"，可以用蜀锦来支付歌者的酬劳，也就是说它就等同于钱，这更直接地说明了蜀锦的价值。

（二）吴绫

绫因表面呈现叠山形斜路，"望之如冰凌之理"而得名。它是在"绮"的基础上发展而来的一种织物，在织法上采用的是斜纹组织或变化斜纹组织。《正字通·系部》："织素为文者曰绮，光如镜面有花卉状者曰绫。"也就是说，"绫"与"绮"的区别在于"绮"是纯斜纹组织结构，它的花纹为织成之后印染而成；而"绫"则通常以斜纹组织为地，表面看上去还要有暗花的视觉效果（图3）。

图3 绫

因为唐代用绫制作官服，所以绫在唐代面料中占据着重要的地位。

绫的花色很多。诗人张孝忠《菩萨蛮》"青绫被底仙"，李之仪《满庭芳》"谁赋红绫小砑",叙述了青红二色的绫。施肩吾《杂曲歌辞·古曲五首》"朝织蒲桃绫","蒲桃"即为今天的"葡萄",可见在唐代有葡萄花纹的绫。艾性夫《木绵布歌》"吴姬织绫双凤花",方岳《答惠楮衾》"吴宫金蹙凤花绫",描述了"凤凰衔枝"图案。据记载,在唐宋年间,绫还有乌头、马眼、鱼口、蛇皮、龟甲、镜花、狗蹄、柿蒂、杂花盘雕、涛头水波等诸多纹样。

史书记载河北、河南、江浙一带都盛产绫,但从诗歌上来看,最著名的还是以产地命名的吴绫。"吴"泛指苏州一带。韩偓《意绪》"口脂易印吴绫薄",韩偓来自富贵人家,他家的用品自然讲究,可见吴绫在当时已经是有口皆碑了。薛昭蕴《醉公子》也写到"慢绾青丝发,光砑吴绫袜",美人的头上青丝与足下绫袜都流光溢彩且交相辉映。陈世崇《元夕八首》写了另一个美人:"笑整玉梅藏素手,香肩三角卸吴绫。"她卸掉肩上的披肩,而这披肩正是用吴中所产之绫缝制而成。综观这些诗句,吴绫都在较为富裕的场合出现,并且用途也较为广泛,可见在当时它应该也是一种较为高档的面料。另外,诗人齐己在读李贺诗歌的时候,感叹道"吴绫蜀锦胸襟开",以吴绫和蜀锦来赞喻李贺的诗才,这同样可看出吴绫可与蜀锦齐名。苏辙《和柳子玉纸帐》中的"吴绫蜀锦非嫌汝"也是将吴绫和蜀锦对举,足见其价值。

陆游《上元日昼卧》："床敷蛮
毡稳，被拥吴绫暖。残香碧缕细，
软火红焰短。"上元佳节却连日阴
雨，阴冷的江南使人困倦不堪，于
是陆游起而复睡，虽然睡不着，但
躺在温暖的床上辗转反侧也是好的。

图4　素纱禅衣

此时的陆游家境显然还算可以，能够躺在温暖的绫被里，怡然自
得地想睡就睡，想起就起。

　　唐宋年间江浙地区是丝织品的重要出产地，出产的吴绫在全
国有口皆碑，然而其地所产却不止于绫，当地所产缣、绡、纱也
有一定知名度。唐代皎然和尚《春夜赋得漉水囊歌，送郑明府》
写道："吴缣楚练何白皙。""缣"是一种由生丝织成的丝织品，
单根生丝织物为"纱"（图4），双根生丝织物为"缣"。"缣"
之前以"吴"冠名，说明此地的缣是较为知名的。范成大《菩萨
蛮》"越罗香润吴纱薄"也是同样的道理：通常并举的两样东西
方方面面都须不相上下，可见越罗与吴纱质量都是极好的。"绡"
是指以生丝织成的轻薄透明的丝织品，相对而言比较硬，其面料

图5　绡

特性类似于今天的"欧根纱"（图5）。
秦观《海康书事十首》提到"吴绡与
鲁缟"，可见吴中所产的"绡"和山
东出产的"缟"名气也都比较大。

（三）越罗

"罗"首先是指一种织造法。这种织法的成品为表面具有纱空眼的花素织物，其特点是面料风格雅致，质地轻柔，纱孔通风、透凉（图6）。

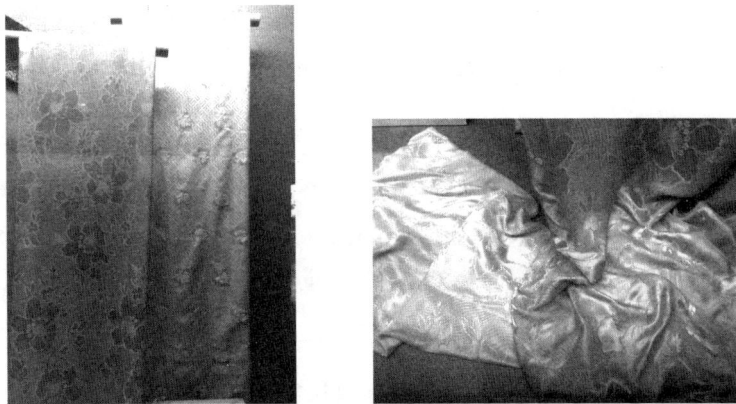

图6　罗（杭州都锦生织锦博物馆藏）

在唐宋年间，以产地命名的"越罗"几乎垄断全国，成为"罗"这一面料的代名词。产于绍兴一带的"越罗"多与"蜀锦"并举：杜甫《白丝行》"越罗蜀锦金粟尺"，张泌《浣溪沙》"越罗巴锦不胜春"，杨万里《送刘子思往衡湘》"越罗蜀锦遗道侧"，冯时行《偶成》"越罗与蜀锦，被体何其华"，陆游《初夏》"越罗蜀锦吾何用"……蜀锦的贵重有目共睹，而越罗能与之并列，可见其价值。李贺《秦宫诗》"越罗衫袂迎春风"，皇宫里所用的东西自然是好的，而越罗就能进入宫中裁制为衣衫。晏几道《诉衷情》中云："御纱新制石榴裙。沉香慢火熏。越罗双带宫样，飞鹭碧波纹。"晏几道也生活在大富大贵的人家，生活起居十分讲究，家里姬妾穿的石榴裙正是越罗所制，可见其受欢迎的程度。

越罗的价值名闻遐迩，与江苏一样，浙江也是一个盛产丝绸的地方，因而不止出产罗，也出产纱、绫。

在杭州，离西湖不远的地方有一条路叫浣纱路，显然是出自"西子浣纱"的典故，可见纱在浙江也是古已有之。唐代诗人徐凝《宫中曲二首》"厌著龙绡著越纱"，越州所产之纱已进入宫廷，并且成为宫中一种新的时尚。宋代诗人刘筠《属疾》云："珍簟裁湘竹，轻巾覆越纱。"刘筠是河北人，但他所戴的头巾面料却是产自越州的轻纱，可见越纱的销路很广。张籍《酬浙东元尚书见寄绫素》"越地缯纱纹样新"，《说文》："缯，帛也。"《汉书·匈奴传》："缯者，帛之总名。"尚书寄给张籍的正是出产于越州的纱。尚书是有身份的人，能被他挑选为礼物寄给他乡友人的产品自然是有一定代表性的，所以越纱在当时必定已经声名远播。

通过白居易《缭绫》一诗，我们可以知道越州的另一名品是缭绫：

缭绫缭绫何所似？不似罗绡与纨绮。

应似天台山上月，四十五尺瀑布泉。

中有文章又奇绝，地铺白烟花簇雪。

织者何人衣者谁？越溪寒女汉宫姬。

去年中使宣口敕，天上取样人间织。

织为云外秋雁行，染作江南春水色。

广裁衫袖长制裙，金斗熨波刀剪纹。

异彩奇文相隐映，转侧看花花不定。

昭阳舞人恩正深，春衣一对值千金。

汗沾粉污不再着，曳土踏泥无惜心。

缭绫织成费功绩，莫比寻常缯与帛。

丝细缲多女手疼，扎扎千声不盈尺。

昭阳殿里歌舞人，若见织时应也惜。

从这首诗里，我们可以看出缭绫的几大特点：第一，不像罗绡和纨绮一样轻薄透明，而是更有质感，像瀑布倾泻一般；第二，缭绫的花样极美，如"烟花簇雪""云外秋雁""江南春水"，令人称绝；第三，"丝细缲多女手疼，扎扎千声不盈尺"，说明缭绫的加工很费时费力；第四，"莫比寻常缯与帛"，说明缭绫比一般的丝织品要贵。关于越绫的价钱，唐代诗人罗隐《绣》中又有一句："越绫虚说价功高。"据此我们可以了解到，用于交易的"越绫"往往都会因其加工费时费力而价格偏高。

（四）东绢

《说文解字·系部》："绢，从糸，肙声。谓粗厚之丝为之。"说明"绢"有一定的厚度。其又因以蚕丝为原料，所以具有光滑润美、手感柔和的丝绸特性。"绢"有方方面面的用途，但最重要的一个功能是充当书写的工具。在纸张发明之前，绢发挥的就是纸张的作用，而在纸张发明之后，绢没有退出历史舞台，依然拥有着"高级纸张"的身份，达官贵人们对绢的喜爱远过于纸，因而凡重要的书画一般都采用绢作为书写材料。

"东绢"从字面上理解即为"东边出产的绢"。"东"只是一个泛指的方位名词，然而"东绢"之"东"，却是实指今天四川省盐亭县。楼钥《林和叔侍郎龟潭庄》："兹来督我语益峻，远寄蜀绢栏乌丝。"诗人之间赠送的礼物为"蜀绢"，出产于四川，可见蜀锦和蜀绢都是当时四川的名优特产。我们向来习惯以东西南北来界定地理方位，或许因盐亭大致地处四川东面，因而此地所产之绢即以"东绢"为名。杜甫《戏韦偃为双松图歌》"我有一匹好东绢"，黄庭坚《次前韵谢与迪惠所作竹五幅》"我有好东绢"，陈造《马口》"摩挲好东绢"，刘克庄《题江贯道山水十绝》"一匹好东绢"，喻良能《二月二十一日何司业集客于张园玉牒给事命予》"我有一匹好东绢"，这些诗人均直言"东绢"之"好"。宋代诗人黄庶《大孤山》"拂拭东绢倾千金"，从这句诗就可看出东绢之贵重。

东绢贵，贵得是有理由的。王迈《谢阮儒隐为画墨梅床屏》

"我有东绢滑如指"，言东绢润滑如人的肌肤。葛立方《胡枢横山堂》"泚笔底须东绢传"，好的笔墨须以好的纸张传世，可见东绢在读书人心目中的地位。陆游《拟岘台观雪》"欲傅粉墨无良工，摩挲东绢三叹息"，这种遗憾显然是害怕浪费好原料，所以惶恐不安。东绢既然这么好，理所当然就贵了。

东绢的名气据说是当地的太守宣传出来的。当年他将今盐亭县安家镇的绢作为送给皇帝的礼物，皇帝爱不释手，于是规定自此以后此地的绢就作为贡品缴纳，并为该地赐名"鹅溪"。所以，后来"东绢"就又称"鹅溪绢"。宋代诗人徐照《爱梅歌》"见说鹅溪出好绢"，即可视为鹅溪绢知名度的见证。

鹅溪绢或东绢的计量单位通常为"幅"，可见此绢主要是用于书画当中。比如陈鹏飞《赠邕管察推陈仲辅》"阑干一幅鹅溪绢"，王之望《钟鼓山间久雨二绝》"谁家一幅鹅溪绢"，姜特立《西湖素公爱余泊黍小诗画为扇子》"可怜半幅鹅溪绢"，姚勉《题墨梅风烟雪月水石兰竹八轴》"久藏一幅鹅溪绢"，王灼《题赵德修所藏孙太古尹喜传道图》"一幅东绢吾无用"，陈造《陈宣卿为予作雕图》"东绢十幅围"，这些"绢"无一例外都是书画作品。也有用"丈"或"匹"作为计量单位的，比如艾性夫《穆陵大礼图》"丹青百丈鹅溪绢"，杨万里《烟林晓望二首》"真成万丈鹅溪绢"，刘克庄《题江贯道山水十绝》"一匹好东绢"，但我们一眼即可看出这不外乎是烘托书画作品规模宏大罢了，道理与胡仲弓《秣陵》"谁将千幅鹅溪绢"中的"千幅"是一样的。

自古以来"黄绢"就是绢的主要类型。权德舆《送上虞丞》
"因寻黄绢字",薛存诚《御制段太尉碑》"雅词黄绢妙",白居
易《客》"制诏夸黄绢",可见在唐代"黄绢"都是作为书写的
高级材料使用的。辛弃疾《定风波》"便好剩留黄绢句",王禹偁
《送晁监丞赴婺州关市之役》"黄绢辞高位尚卑",陈宓《和潘侯
觅荔子》"空遗黄绢句",李弥逊《送萧德洪赴试建安》"黄绢共
赏人间辞",说明宋代也将黄绢作为重要书画作品的材料使用。
秦观《怀李公择学士》"流传玉刻皆黄绢",认为凡流芳百世的作
品均需以黄绢为依托。事实上我们今天所看到的古代绢本书画的
确是以黄色居多（图7）。

图7 元·任仁发《张果见明皇图》

但是"绢"也有其他颜色。毛滂《蝶恋花》"鹅溪雪绢云腴
堕",可以看出鹅溪绢也有白色的。其实白绢也是自古已有：曹
丕《诗》"绢绡白如雪",可见在魏晋时期绢的颜色就有白色。卢

仝《走笔谢孟谏议寄新茶》"白绢斜封三道印",苏轼《马子约送茶作六言谢之》"远烦白绢斜封",可见无论是唐还是宋,白绢都有使用。另外,徐凝《红蕉》"差是斜刀剪红绢",陈襄《和东玉少卿谢春卿防御新茗》"绿绢封来溪上印",王铚《诗送韩简仍学官于临浦呈劝其重修四子祠》"至今翠绢不停织",苏颂《再和暮春》"封开绿绢试春团",说明还有绿色、红色的绢。

（五）齐纨

《说文·系部》:"纨,素也。"《释名》:"纨,焕也。细泽有光,焕焕然也。"说明纨是一种品质优良的白色丝织品。董思恭《咏雪》"鲜洁凌纨素",陆敬《七夕赋咏成篇》"五明霜纨开羽扇",王安石《次韵酬微之赠池纸并诗》"霜纨夺色贾不售",苏轼《端午帖子词》"应缘飞白在冰纨",晁补之《酬李唐臣赠山水短轴》"齐纨如雪吴刀裁",几位诗人都点明"纨"具有洁白如"霜""雪"的特点。李益《立春日宁州行营因赋朔风吹飞雪》"素纨轻欲裁",苏轼《昨见韩丞相言王定国今日玉堂独坐有怀其人》"微风举轻纨",陈允平《侧犯》"轻纨笑自拈",可见"纨"这一面料的另一特点是轻柔,属于比较薄的类型。

从诗歌看来,唐宋年间,山东沿海一带所产纨颇有名气,因而也就以产地得名齐纨。杜甫《忆昔二首》"齐纨鲁缟车班班,男耕女桑不相失",纺织纨缟之纺车昼夜不息,可见在唐代齐鲁大地的织造业十分兴盛。钱起《送李兵曹赴河中》"不矜纨绮荣",温庭筠《感旧陈情五十韵献淮南李仆射》"纨绮拜床前",苏轼《次韵和王巩六首》"君生纨绮间"，成语"纨绔子弟"指富贵人家的子弟，可知"纨"是被人们普遍看重的一种面料。张籍《酬朱庆余》"齐纨未是人间贵"，说明齐纨的价格也不便宜。

论用途，齐纨是很受欢迎的团扇制作原料。晏几道《河满子》"齐纨扇上时光"，宋祁《秋兴》"齐纨不复御"，陆游《詹仲信出示卜居诗佳甚作二绝句谢之》"安得齐纨翦团扇"，张咏《答人惠四明山蕉叶扇》"团团休复颂齐纨"，均可看出齐纨被广泛用于团扇的制作（图8）。

图8　明·唐寅《秋风纨扇图》

（六）楚练

从造字看，"练"从糸，从柬。"柬"意为"分类挑选"，"糸"指"丝帛"。"糸"与"柬"联合起来表示"把丝帛再三地分类挑选后投入下一道工序"。因此，"练"既是一种加工手段，也指一种未经染色的丝帛半成品。因天然蚕丝有蚕胶包裹，所以丝织品刚织成时质地坚硬，必须经过草木灰碱性溶液沸煮、曝晒、漂白，再用杵捣，加强草木灰对丝胶的渗透能力，使胶脱得均匀彻底，织品才能变得柔软洁白，所以就有了"捣练"这个程序。张萱的《捣练图卷》（图9）可以使我们直观地看到人们对"练"的加工过程。

图9 唐·张萱《捣练图卷》

唐宋年间，湖北一带所产的练很有名。杜甫《后出塞五首》"越罗与楚练，照耀舆台躯"，将楚练与越罗并举，越罗有名，当然楚练也就不相上下。晁说之《秋感》"宫妆惊楚练"，表明楚练亦为宫用之物。另外，刘希夷《捣衣篇》"欲向楼中萦楚练"，骆宾王《宿温城望军营》"沙明楚练分"，吴融《绵竹山四十韵》

"又如濯楚练",杨巨源《古意赠王常侍》"还思楚练拂霜砧",陆游《戏题酒家壁》"楚练难縻白日留",均以产地命名,可见楚练在当时必然是广为人知的产品。

（七）鲁缟

"缟"是指未经练染的本色精细生坯织物,也就是说,它比"练"更加原生态。清代任大椿《释缯》:"熟帛曰练,生帛曰缟。"黎廷瑞《忆秦娥》"缟衣素袂,沉吟不语",由此可以看出,缟的颜色即蚕丝本来的白色。

照诗歌看来,唐宋年间山东曲阜一带所产之缟较为著名。韩愈《荐士》"强箭射鲁缟",取"强弩之末不能穿鲁缟"之典故,可见鲁缟历史之悠久。李白《送鲁郡刘长史迁弘农长史》云"鲁缟如白烟",《寄远其十》又云"鲁缟如玉霜",可见鲁地所产之缟质量轻盈、色泽洁白。韩翃《鲁中送从事归荥阳》"轻橐归时鲁缟薄",曾几《寄十扇与陈述之》"鲁缟如雪题新诗",韩维《和晏相公雪》"索檐鲁缟轻",从这几句诗中我们亦可以看出鲁缟的两大基本特点:白、轻薄。宋代诗人胡仲弓《子经昔有黄筌玉笋图故人陈众仲题诗其上后为》写到"蜀锦鲁缟光可鉴",秦观《海康书事十首》云:"吴绡与鲁缟",将鲁缟分别和蜀锦与吴绡两个名产品并称,可见鲁缟在国内的确是有一定知名度的。

由以上材料我们可以得出一个基本的认识:唐宋年间,丝绸出产地囊括了整个南方,凡有人烟处,皆能见桑麻。当年孟子给梁惠王的建议是:"五亩之宅,树之以桑,五十者可以衣帛矣。"

这在大漠之北以及茫茫草原上是无法实施的。然而，在中原以南，历代的统治者却莫不以此为训，鼓励桑蚕养殖，加之南方的气候又尤其适宜桑蚕生长，所以越到后来南方在经济上就越显示出它的重要性。

唐代有"扬一益二"的说法。在当时，扬州和益州在全国是有名的富裕城市，而我们稍加注意就可发现，无论是扬州还是益州，其特产都是丝绸。在宋代，以"岁币"求苟安的赵家王朝不断地将钱与帛运向边境，希望能够得到永久的安宁。可惜他们终究还是免不了流亡的命运：他们选择了南方，先是南京，再是杭州，都是很富裕的城市。岁月沉浮，历史的更迭向来都"不为尧存，不为桀亡"，唐宋最终也成了历史。不过，在这历史的长河中，总有一些曾经存在过的华彩篇章足以使后人一提起它们就心向往之，这是先民真正的智慧结晶。

第二章　四季衣裳

一、冬装

衣服最基本的功能是保暖。在丝织品中，最厚实的是锦，所以，在冬装中用得最多的面料自然是锦。然而，在最寒冷的时候，单靠锦肯定无法抵御严冬的考验，必须穿上更具保暖功能的服装：要么穿裘，要么穿袍，要么穿袄。三种服装中，最保暖的是裘，其次是袍，再次是袄。等三种服装都穿腻了，冬天也就到了尽头，可以"春服既成"踏青去了。

（一）裘

裘是用动物的皮或毛制作而成的。《诗经·七月》："一之日于貉，取彼狐狸，为公子裘。"裘的原料可以是狐狸皮、貂皮、鹿皮、鸟的羽毛。张九龄"万乘飞黄马，千金狐白裘"，李白《将进酒》"五花马，千金裘"，一件裘价值"千金"，可见其贵重。

裘自古以来就是王公贵族们冬天必不可少的御寒衣物。《红楼梦》里的太太小姐们在冬天最寒冷的时候也是穿着"大毛"衣服。王熙凤随手送给邢岫烟的四件冬衣里面有"一件大红洋绉的小袄儿，一件松花色绫子一斗松花珠儿的小皮袄，一条宝蓝盘锦镶花绵裙，一件佛青银鼠褂子"。这一身可视为当时女子的标准冬装，其中皮毛衣服唱的是主角。可见自古以来裘的确都是保暖性能最好的衣物。

图10 裘，《乾隆妃慧贤像》

在古代，裘的穿法都是用一件外衣全部将其罩住，只可在领口或袖口露出一点皮毛（图10）。"一件松花色绫子一斗松花珠儿的小皮袄"，就是说用动物皮毛做成袄的样式，其罩衣面料为松花色的绫。

但人们一般都是用锦来裁制皮裘的罩衣，因此称之为锦衣。李益《登夏州城观送行人赋得六州胡儿歌》"汉军游骑貂锦衣"，刘禹锡《和白侍郎送令狐相公镇太原》"十万天兵貂锦衣"，张蠙《边将二首·其二》"胡风一度猎，吹裂锦貂裘"，讲的都是用貂皮为里锦衣为表的裘服。而宋代诗人王炎《薄薄酒》"不用狐裘蒙锦衣"更直接地为我们揭示了裘衣的穿法：皮衣在里，锦衣在外。

基于这一衣着传统，"锦衣"成了裘服或者冬装的代名词。甚至当它单独出现时我们也可看出锦衣是冬装而非其他季节的穿着。王之道《和秦寿之春晚偶成八绝》里写到"病怯春寒独衣锦"，"春寒"是指乍暖还寒的时节，"独衣锦"，说明在春天一般的人都不穿锦衣了，但生病的人总是怕冷一些，所以还是穿着冬天的衣服。这跟今天在冬春交替的时候我们常见的景象一样：有人已穿起了衬衫，而有的人还在穿羽绒服。

　　作为面料，"锦"的特点就是华丽，锦衣当然也很华丽。孟宾于《公子行》"锦衣红夺彩霞明"，谭用之《别江上一二友生》"红锦衣裁御苑花"，从中都可看出锦衣的色彩十分明丽。

　　除了作为冬装御寒，因为锦这一面料本身就极有价值，所以"锦衣"也是尊贵身份的象征。"衣锦还乡"的典故大家太熟了，李白《越中览古》"义士还乡尽锦衣"，辛弃疾《水龙吟》"向中州、锦衣行昼"，都取自这一典故。唐代高僧贯休《杂曲歌辞·少年行三首》"锦衣鲜华手擎鹘"，一个活生生的富公子形象跃然纸上：他一身锦衣华服，气宇轩昂，一手擎着振翅欲飞的鹘鹰。贺铸《三鸟咏之三子规行》"金印锦衣耀闾里"，将"锦衣"和"金印"对举，可见锦衣在人们心目中几乎就是富贵的代名词。而富贵又不是那么容易求得的，所以黄滔《翁文尧以美疹暂滞令公大王益得异礼观今》"终求一袭锦衣难"，楼钥《观文殿学士赵公挽词》"更羡锦衣荣"——正因其"难"而心内生"羡"，富贵从来都是多数人的梦想。

　　从这个意义上看，服饰在古代绝不只是为御寒或打扮，人们赋予它的文化内涵更值得我们去关注。"穿什么你就是什么"，穿锦衣，你就是贵人，穿布衣，你就是平民，服饰即等级。所以，骑"五花马"、穿"千金裘"的李白，高调炫耀着的并不是他的富裕。在他心里，有钱其实并不算什么，真正值得他炫耀的是

"千金裘"所代表的贵族气息，而正是这个"贵"字才是他一生梦寐以求的东西。

（二）袍

"袍"是一种加了绵的长夹衣。"绵"由不利于缫丝的次等蚕茧和缫丝中的浮丝制成。《蚕桑萃编》："凡此皆茧之劣者，只可做绵，不可缫丝。"在棉花广泛种植后，"棉絮"也就逐渐替代了"绵絮"。

我们不妨先简要了解一下整个丝织工艺的流程：蚕茧收下之后，先选茧，好的拿去缫丝，不好的拿去做绵絮；再煮茧；煮好后剥去茧外部包裹的浮丝；最后找到蚕茧的线头就可以抽茧成丝了，成语"抽丝剥茧"正是出自这个环节。丝缫好后，可先染再织，也可先织再染，进入下一道工序。选好面料，确定尺寸，分表里裁好，纳入绵絮，再缝制好，一件袍基本上就完成了。

在袍服里，最重要的自然首推锦袍（图11）。

如前所述，把丝加工成锦是一个极其复杂的过程，因而它本身就是一种很名贵的面料，由锦做成的袍服自然不是人人都能穿的。戴复古《饮中》云"布衣不换锦宫袍"：有人穿布衣，有人着锦袍，对一个社会而言这本来就是自然法则。

锦袍色彩华美，质地优良，兼具实用与美观两样功能，因此在唐宋年间常作为朝廷给近臣、外邦的赏赐之物。《唐才子·宋之问传》："（武）后游龙门，诏从臣赋诗，左史东方虬诗先成，后赐锦袍。"《旧唐书·张长逊》："及征薛举，长逊不待命而至，以功授丰州总管，进封巴国公，赐以锦袍金甲。"《新唐书·文苑列传》：
"以武卫中郎将王惠持节拜苏禄左羽林大将军、顺国公，赐锦袍、
钿带、金鱼袋七事，为金方道经略大使。"由这些文献记载可知，
在唐代，无论是因战功还是因文才，都有可能被赏赐锦袍。

　　正因如此，"锦袍"在许多人眼里首先就成了一种身份的象
征：刘克庄《居厚弟和七十四吟再赋》云"谪去何须着锦袍"，
既已贬谪，就不再穿锦袍，可见锦袍即象征身居官位。魏了翁
《水调歌头》"组练锦袍官贵"，直言锦袍等同于高官。晏几道
《鹧鸪天》"看君来换锦袍时"，表达的也是这个意思。杜甫《荆
南兵马使太常卿赵公大食刀歌》"白帝寒城驻锦袍，玄冬示我胡
国刀"，一介寒士杜甫居然能在白帝城这样的穷乡僻壤遇见一个
身居高位的人，恭维之意显而易见。

　　对于绝大多数文人来说，能够凭借文才而得到皇帝的青睐就
是他们此生的最大荣耀。"锦袍朱带玉花骢""锦袍公子汗血驹"
"锦袍宣赐金团龙""锦袍绣帽跃金鞍"，一袭锦袍、一匹宝马可
以说就是所有读书人的梦想。但仕途从来都是有人得意、有人失
意的，所以，有人坦言"曾向诗坛夺锦袍""天上锦袍曾夺得"，
哪怕只是"曾经"也是激动人心的；也有人从来都只能在为官的
路上寻寻觅觅，为"无路青冥夺锦袍"而怅惘。田锡《和安仪
凤》"和诗送别昭亭路，何似金銮夺锦袍"，写出了许多人的心
声：为什么别人能够得到功名而自己却很难取得？杜甫的《寄李
十二白二十韵》写道："龙舟移棹晚，兽锦夺袍新。""兽锦"指

锦袍上的纹饰，不同官阶的人绣不同的兽样，这句话可看成是杜甫对李白由衷的祝福，只可惜李白终究不是当官的料，而像李白这样的文人又岂在少数？所以锦袍才难以夺得。

但锦袍并不是只有靠皇帝赏赐才能穿得到。对于普通人来说，只要你经济允许也可以为自己或家人添置一身锦袍。贺铸《与张历阳追怀从禽之乐因赋》"锦袍貂帽结戎装"，梅尧臣《采石月赠郭功甫》"夜披锦袍坐钓船"，涉及的人物与皇帝和官位都无关，锦袍只是一种日常穿着。牟融《春游》"锦袍日暖耀冰蚕"，白居易《江南遇天宝乐叟》"冬雪飘摇锦袍暖"，吴文英《三部乐》"那知暖袍挟锦"，都言锦袍之暖，可见锦袍原本就是人们在冬天的御寒之物。在寒冷的冬天，无论是高贵的皇室还是低贱的平民，对于温暖的需要都是一样的。所以，从本质上讲"袍"最实际的作用还是保暖。

王昌龄《春宫怨》"平阳歌舞承新宠，帘外春寒赐锦袍"，这句诗显示并不是权贵才能穿锦袍，宫女们若得到皇帝欣赏，也可以得到锦袍的赏赐——其实从这里也可以看出，得到锦袍的赏赐固然是荣耀的事情，但是它并不是划分身份高低的决定性标准。我们比对一下文献，在皇帝赏赐的各种物品中，锦袍是大家都可能得到的赏赐，真正有区别的是金鱼袋、钿带、金甲这些东西。也就是说，后者才是更有分量的。

锦袍之"贵"与"不贵"全看你的标准如何——当然，当锦袍与特定的字眼搭配时，它必定是贵的。和凝《临江仙》"披袍窣地红宫锦"，朱翌《八月十三夜与张检法泛武溪》"宫锦袍添紫绮裘"，洪咨夔《题李杜苏黄像·太白》"红锦宫袍空看破"，这些"锦袍"一旦与"紫""绛"色系搭配，以及带"宫"字样，表示的都与仕宦有关，侧重于象征官位。唐宋年间，一至三品官员穿紫色官服，四、五品官员穿的是红色系的官服，比如"朱""绛""绯""赤"等。也正因如此，我们才能理解为什么古人对"紫"如此痴迷，比如"日照香炉生紫烟""烟光凝而暮山紫""大红大紫""紫气东来""紫微星"等。

至于锦袍的样式与尺寸，宋代诗人张埴《曾希曾见示近作赋此赠之》云"身曳锦袍长到地"，由此我们可以推测，如果这一身锦袍填入了足够多的丝绵的话，几乎就等同于一床移动的被子，那一定是很暖和的。

古人还以绫、罗制袍。胡寅《送英州推官》"分甘常记绿罗袍"，这是一件绿色的罗质长袍。白居易《三适赠道友》"褐绫袍厚暖"，这是一件褐色的以绫为表的袍子。同样是白居易的《闻行简恩赐章服喜成长句寄之》中

图11　金代织金锦袍（黑龙江阿城齐王墓出土）

的"彩动绫袍雁趁行"一句也描写了以绫为面料的袍子。再联系杜牧《越中》"绫梭夜夜织寒衣"，苏轼《观杭州铃辖欧育刀剑战袍》"青绫衲衫暖衬甲"，可知绫在冬衣中的作用更多的是实实在在的保

暖，而没有锦袍那种显示身份的功能。

（三）袄

"袄"是由襦演变而来的短夹衣。如果说袍相当于今天的长款羽绒服，那么袄就相当于短款羽绒服。它的厚薄程度与袍接近，也以丝绵为里，再以绫绢为面，只不过要短许多。短袄与长袍各有优缺点：袍比袄长，因此它的保暖性相对比袄要好；但同时袄比袍短，相对而言穿上它行动上就会轻便一些。顾况《从军行二首·其一》中云"风寒欲砭肌，争奈裘袄轻"，可见袄是有一定的穿着率，且有其保暖性的。

但是，"将军用袍，军士用袄"，按《新唐书·仪卫志》记载，袄在唐代是宫廷仪卫的服装。从这一点上我们就可判断出无论袄的保暖性能有多好都不可能成为代表一个时代的流行服饰。从面料上我们也可以得到佐证：锦这种面料可以做裘的罩衣，锦袍更是尊贵的象征，但是唐代却没有用锦来做袄的案例；宋代较之唐代锦这种面料用得更广泛一些，虽有锦袄，如朱翌《淮人多食蛙者作诗示意》"不必著锦袄"，但实在是屈指可数不成气候。所以说"袍"可以跟"富贵"挂钩，但"袄"则不能。在唐诗宋词里我们很少看到赞美"袄"的诗句，相反，许多郁郁不得志的人倒是穿袄，似乎袄总与"穷"或"寒"靠得更近一些。比如卢照邻《还赴蜀中贻示京虽游好》"敛袄辞丹闼"，陆游《无题》"如今憔俏畲袄"，从其中的"闼""憔"就可以看出诗人的生活状态。李廌《田舍女》"红眉紫襦青绢袄"，"田舍女"的身份自然算不上高。释印肃《普庵家宝》"一条拄杖，披一布袄"，释梵言《送务绅禅者分卫歌》"脱却多年肮臭破布袄"，僧侣身上穿的也是一件破布袄而已。总之这些穿袄的都是些身份低微之人。

从面料上看，好一些的是绫袄、绢袄（图12），次一些的是布袄。《红楼梦》里甄士隐说"昨怜破袄寒"，可见"袄"自古以来都不是很受推崇的一种服装样式。理由很简单："长"和"短"也是一种身份的象征。鲁迅先生所写的孔乙己落魄不堪却怎么也不愿意脱掉他身上那一身长衫，因为那是读书人的标志，只有干体力活的才穿短装。孔乙己的想法不是凭空而来，而是来自于他所接受的教育，这也从侧面证明自古以来就有这样的衣着传统。

在冬天，能够身着裘袍是所有读书人的理想，也是他们的常态。然而也不乏白居易这样的人，一时兴起就换换口味，所以做件袄来穿一下。他的《新制绫袄成感而有咏》云：

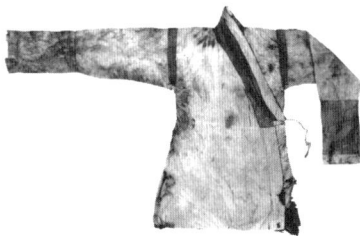

图12　汉魏时期交领窄袖素绢袄（新疆民丰尼雅1号墓出土）

"水波文袄造新成，绫软绵匀温复轻。"绫是一种不太厚实的面料，但柔软度好，这件以丝绵为里，以绫为面的袄，既轻又软还保暖，白居易的舒适生活自可以想见。但是，这种衣服只适合在家里穿着，白居易不会穿着这件袄去会见宾客的。在重要场合，袄毕竟上不了台面，还是一身锦袍更能彰显身份。

二、夏装

无论古今，夏天都是属于女性的季节，看她们漂亮的裙子！唐诗宋词在冬天极少描写女性服饰之美，这也可以理解：冬天那么冷，大家都不得不跟裹粽子一样，再美的美人也难现优美的体态。然而到了夏天就不一样了，美人在纸上可说是随处可见，那是一个用香软轻盈的纱罗构筑起来的季节。

（一）罗裙

顾名思义，罗裙就是用罗制成的裙子。"罗裙"一词广见于诗歌之中。王昌龄《采莲曲》"荷叶罗裙一色裁"，岑参《送李明府赴睦州，便拜觐太夫人》"手把铜章望海云，夫人江上泣罗裙"，白居易《琵琶行》"钿头云篦击节碎，血色罗裙翻酒污"，朱敦儒《浣溪沙》"纤腰减半绿罗裙"，元好问《鹧鸪天》"罗裙细看轻盈态"，沈明臣《采莲曲六首》"采莲不道罗裙湿"，朱彝尊《鹊桥仙》"渐坐近越罗裙衩"……几乎历朝历代都有它的倩影。其基本形制为上衫下裙，如张泌《江城子》所言，"窄罗衫子薄罗裙"，裙以长带固定，肩披巾帛（图13）。其穿着效果应如唐代诗人姚月华所描述的一样，"带缓兮罗裙"，显得飘逸、舒缓、优雅。

图 13 五代·顾闳中《韩熙载夜宴图》局部

罗裙是属于夏季或者春夏之交、夏秋之交的服装。如"荷叶罗裙一色裁"之句,采莲为夏季江南姑娘们的盛事,有此一句,我们不难想见当时情景:荷叶碧绿,荷花娇艳,姑娘们身着绿罗裙,虽不知其面貌,大概也是貌美如花的,一群姑娘热热闹闹地往莲花深处去了,歌声传至远方,给路人以无限遐想。王勃《采莲归》"罗裙玉腕摇轻橹"之句意境与之相似。程师孟《荔枝二首》有"罗裙送酒荔枝红",荔枝是夏季才有的时令水果,这时姑娘们就不可能穿着很厚的裙子。梁辰鱼《赠王卿》"绛罗裙软醉榴花",榴花也开于盛夏,且直言罗裙之软。毛熙震《浣溪沙》"云薄罗裙绶带长",虽不直言裙薄,但"云薄"亦可使人联想裙之薄。同理,元好问《鹧鸪天》"罗裙细看轻盈态","轻盈"或指女子身姿轻盈,但未尝不是指裙子之轻盈。而于谦《采莲曲》"叶似罗裙怨秋早"一句则表示出对夏天恋恋不舍的情怀:罗裙

"怨秋早"是因为裙子薄，季节过了，再穿就会冷，只好放到箱子里静待来年再穿。要而言之，罗裙从质地上看，具有轻、薄、软的特点。

从颜色上看，罗裙可分为单色、双色和彩色几种。从诗歌中来看，罗裙还是以单色为主。古人服饰遵循"天人感应"原则：夏季是一个生命力旺盛、绚丽多姿的季节，那么适于这个季节穿着的罗裙自然而然就应该色彩明快鲜艳，即便是单色，也是怡红快绿醉人耳目。而事实上也恰恰如此："荷叶罗裙一色裁"已不用多言，刘长卿《湘中纪行十首·湘妃庙》"草色带罗裙"，许浑《途经敷水》"更认罗裙碧草长"，张保嗣《戏示诸妓》"绿罗裙上标三棒"，可见在唐代，从供奉在庙里的神女到花街柳巷的妓女，都喜欢身着绿色罗裙。同样可看出罗裙颜色的还有晏几道《蝶恋花》"嫩曲罗裙胜碧草"：春天总是很美好的，不管是裙子还是小草，都鲜艳翠绿；贺铸《登快哉亭有属》"汀洲芳草绿罗裙"，朱敦儒《南歌子》"见弄青梅初著、翠罗裙"，孔夷《南浦》"愁损绿罗裙"，高观国《少年游》"翻忆翠罗裙"，同样都表明罗裙是鲜艳的绿色。由此可见，绿罗裙在唐宋年间十分常见。

罗裙的另一种流行颜色是红色。白居易笔下的琵琶女曾经有过醉生梦死的生活："钿头云篦击节碎，血色罗裙翻酒污。"当年她是一名歌妓，"血色"一词可使人联想出一个典型的青楼女子的装扮：因为要招徕顾客，就不能太素淡，应该是明艳的装束加上明艳的妆容，再加一点音乐，加一点酒，加一点轻薄的调戏，这就比较合适了。姚勉《赠王生》里也有"血色罗裙掩雕字"之句。晁补之《漫成呈文潜五首》"为客一整红罗裙",张公庠《宫词》"罗裙未减石榴红",传言杨玉环更是喜着"石榴裙",可见从贵族到平民,都喜欢穿红色罗裙。刘过《江城子》"长是花时,犹系茜罗裙",毛滂《踏莎行》"鹅黄衫子茜罗裙",茜,即为红色,《红楼梦》里贾宝玉祭晴雯的"红绡帐里,公子多情"被林黛玉改为"茜纱窗下,我本无缘",贾宝玉所住院落为怡红院,这也可以作为佐证。

可见于诗歌的单色罗裙还有紫色、青色、白色的等。南朝民歌《采桑度》"采桑不装钩,牵坏紫罗裙",卢照邻《长安古意》"娼家日暮紫罗裙,清歌一啭口氛氲",可见从南朝到唐代,无论是良家妇女还是娼家歌妓,都可能身着紫罗裙。白居易《春题湖上》"碧毯线头抽早稻,青罗裙带展新蒲",杨韶父《长相思》"青罗裙、白罗裙、采尽青蘩到白蘋。江南三月春",葛长庚《贺新郎》"似佳人、素罗裙在",可见罗裙的颜色可以很鲜艳,也可以很素雅。但无论什么颜色,罗裙总归都是漂亮的。张耒《忆秦娥》"落花巧妒罗裙色",连花瓣都要嫉妒罗裙的颜色,可见它有多漂亮了。

从款式上看,罗裙属于宽松型长裙。李元膺《菩萨蛮》写清明节姑娘们外出踏春的情景:"花前姊妹争携手。先紧绣罗裙。轻衫束领巾。"既然是行走在野外,年轻的姑娘们少不得要打打闹闹,裙子拖在地上显然就很麻烦,于是须将它处理一下,或提

高一点，或将固定罗裙的带子系紧一点，这样才方便行走。明代
童承叙《宫词四首》"结束罗裙学打球"：女子穿着裙子打球，想
想就不方便，然而球又不能不打，于是只好把裙子挽起来，打成
一个结，这类似于今人嫌衬衫太长就把它系一下，打一个结
一样。

裙子宽度和长度因人而异，但上及胸、下及地是其基本长
度。孟浩然《春情》"坐时衣带萦纤草，行即裙裾扫落梅"中的
"扫"和毛文锡《恋情深》"罗裙窣地缕黄金"中的"窣地"都
可看出裙子是及地的。史载唐代其宽度有六幅、七幅、八幅甚至
十二幅。《说文》："布帛二尺二寸为幅"，即每幅宽度约为73厘
米。总体上看，唐代以宽博为美，唐人秦韬玉写道："女娲罗裙
长百尺。"身着罗裙的虽是女神，但结合唐人的风度，大概还是
可以感知唐代女子罗裙之肥大。到了宋代，社会风气变得节俭起
来，于是罗裙虽然宽松，但宽松得也就没有那么夸张了。从刘光
祖《临江仙》"六幅舞罗裙"，何梦桂《满江红》"六幅罗裙香凝
处"，到白朴《〔双调〕得胜乐》"六幅罗裙宽褪"，我们可以得
知宋元罗裙当以六幅为普遍宽度。宋代文同《偶题》一诗写道：
"窄窄罗裙短短襦。"从这句上就可看出二者的区别：唐代的相当
宽松，宋代的相对短小。

从王衍的《自制词》我们还可以看出罗裙的具体穿着方法：
"画罗衫子画罗裙，能结束，称腰身。"即用丝带按身材打结固定
裙子，再外罩罗衫。唐与宋最大的区别在于罗裙的丝带固定处，

唐代及胸，而宋代仅及腰（图14、图15）。

图14　唐代罗裙，唐·张萱《捣练图》局部

图15　宋代罗裙，宋·佚名《四美图》

还有两句关于"罗裙"的有意思的诗句：

其一，白居易《春池上戏赠李郎中》云"直似挼蓝新汁色，与君南宅染罗裙"。由此诗句可以推测几点：首先，在唐代染料天然，"挼蓝"即以蓝草加工为染料；其次，唐代居民可于自家印染、制作罗裙，完全可能自给自足地完成一整套程序；最后，印染可能较为有趣，否则一堂堂男子，何必亲自参与印染？这位公子很闲适，也很有生活的情调。

其二，毛熙震《浣溪沙》里写道："睡容无力卸罗裙。"由此可见，罗裙的穿着习惯是睡觉时一般都要脱下来，不能当睡裙穿的。

（二）罗衫

在春末夏初的时节，天气已经有点炎热，此时经典的服装搭配就是上罗衫，下罗裙。

罗裙是用罗裁制的裙子，罗衫自然就是用罗做成的衫子。衫子是古时女子夏季最常穿着的上衣，王建《宫词一百首》"衫子成来一遍出，名朝半片在园中"中描绘了到处都是罗衫飘飘的景象。

唐代花蕊夫人《宫词》写道："薄罗衫子透肌肤，夏日初长板阁虚。"宋代杨炎正《浣溪沙》"薄罗衫子日初长"，点明罗衫是初夏的穿着。陆游《鹧鸪天》"春衫初换曲尘罗"，韩淲《浣溪沙》"春衫初试薄香罗"，描述的正是温度升高，人们刚刚开始把罗衫拿出来打算穿上看看合不合适的情景。程垓《菩萨蛮》"罗衫乍试寒犹怯"，石孝友《西江月》"越罗衫薄峭寒轻"，严仁《鹧鸪天》"翠罗衫底寒犹在"，张耒《题扇二首》"越衫罗薄逆新凉"，说的则是季节交替时天气阴晴不定、忽冷忽热的现象。也有诗歌表明罗衫也可作春衣。如李贺《秦宫诗》"越罗衫袂迎春风"，苏辙《次韵王巩上元见寄三首》"且试春衫剪薄罗"，都表明在春天穿着罗衫很合适，可见"罗"这一面料使用时间跨度是比较长的。然而，"澹澹衫儿薄薄罗"，"罗"这一面料特点就是轻、薄、软，所以我们可以推测，即便是作为春衫穿，罗衫的穿着季节也不可能是早春，而是在暮春时节，那时的天气与初夏差不多。

　　在色彩上，与罗裙一样，罗衫色泽也很明艳，说五颜六色并不为过。苏轼《菩萨蛮》"轻衫罩体香罗碧"，葛长庚《贺新郎》"似佳人、素罗裙在，碧罗衫底"，陈允平《浣溪沙》"碧罗衫子唾花微"，这些说的是绿色的罗衫；李处全《忆秦娥》"绛罗衫窄"，仇远《极相思》"金彝熏透茜罗衫"，说的是红色罗衫；元稹《寄吴士矩端公五十韵》"罗衫紫蝉翼"，张祜《观杨瑗柘枝》"紫罗衫宛蹲身处"，白居易《柘枝妓》"紫罗衫动柘枝来"，说的是紫色的罗衫。张祜《感王将军柘枝妓殁》"孔雀罗衫付阿谁"，石延年《句》"孔雀罗衫窄窄裁"，王建《宫词》"罗衫叶叶绣重重"，可知唐宋年间不仅极为流行单色罗衫，有时女子们也会穿上有印染或者刺绣纹样的罗衫。

　　在罗衫的款式上，唐宋都有着共同的主张："上俭下丰"，即上衣通常都比较合身，而裙子则相对宽松。张泌《江城子》："窄罗衫子薄罗裙，小腰身，晚妆新。"王衍《自制词》："画罗衫子画罗裙，能结束，称腰身。"章孝标《柘枝》："花钿罗衫耸细腰。"三个诗人都注重一个关键词：腰身。可见上衣是量体裁衣，注重突出女性的曲线美的。石延年《残句》"孔雀罗衫窄窄裁"，曾惇《次韵李举之玉霄亭·再用前韵》"翡翠罗衫窄窄裁"，两位诗人共同提到了"窄

图16　唐·周昉《簪花仕女图》局部

窄裁"，可见宋代的罗衫也是很合身的。从这里我们也可以看出一个民族的美学原则：上俭下俭、上丰下丰或者上丰下俭似乎都不美，唯有合体的上衣加宽松的裙子才更符合人们的审美观。

罗衫有多长？宋代高承《事物纪原》卷三有云："女子之衣与裳连，如披衫，短长与裙相似。秦始皇方令短作衫子，长袖至于膝，宜裙衫之分。"可见罗衫原本很长，跟裙子差不多，而裙子的长度向来都是要及地或曳地的。自秦以来规定衫以膝盖为界，似为短小一些，这在初唐时期的绘画中可以得到印证。但是，盛唐以后，服饰崇尚奢华，因而衫子的长度又变得很长了，如《簪花仕女图》中贵妇穿的罗衫就长拖在地上（图16）。石孝友《玉楼春》"罗衫一任浣尘泥"，"浣"，弄脏之意，可见罗衫也是比较长的。苏轼《行香子》亦有云："绣罗衫、与拂红尘。"更可以明确看出该女子所着之罗衫已经拖曳在地，否则就没有"拂红尘"的效果了。

（三）纱衣

在所有的丝织面料中，最薄的就是纱了。周紫芝《鹧鸪天》对此有所诠释："薄纱如雾亦如烟。"陆游《老学庵笔记》："亳州出轻纱，举之若无，裁以为衣，其若烟雾。"二人都将纱形容为"烟""雾"，足见其薄。既然这么薄，若做裙子就太不雅观，于是通常将纱裁制成上衣，与罗裙搭配穿着。

罗衫较长，纱衣则很短。欧阳修《迎春乐》"薄纱衫子裙腰匝"为我们揭示了纱衣的穿法，即纱衣须扎入罗裙之中，再以丝带固定（图 17）。

图 17　五代·顾闳中《韩熙载夜宴图》局部

因为薄，纱作为服装面料只用于夏季。李石《扇子诗》"白团扇子白纱衣"，穿纱衣时已伴有团扇，可见必定是夏天。吕渭老《木兰花慢》"更流萤、弄月入纱衣"描写的也是夏季夜晚萤火虫乱飞的景象。陈亚《句》"衣嫌春暖缩纱裁"，因天气一天天变热，身着春衫也开始嫌热了，于是将轻纱拿出裁剪，缝制新衣，显然是夏天来到的迹象。而王镃《立秋》"西风吹绉碧纱衣"，以及舒岳祥《怀昔》"纱衣秋意早"，则是对夏末初秋天气的精确描写：因纱衣太薄，因而能最早感受到秋意的到来。

从工艺上看，纱仅可染色，不能刺绣（图18）。"白团扇子白纱衣"，取蚕丝本色。"西风吹绉碧纱衣"为绿色。韦应物《萼绿华歌》"轻衣重重兮蒙绛纱"，可见当时也有红色的薄纱。但是那些华美的刺绣工艺就不适合在这么薄的面料上施展了，所以就没有相关的记载。

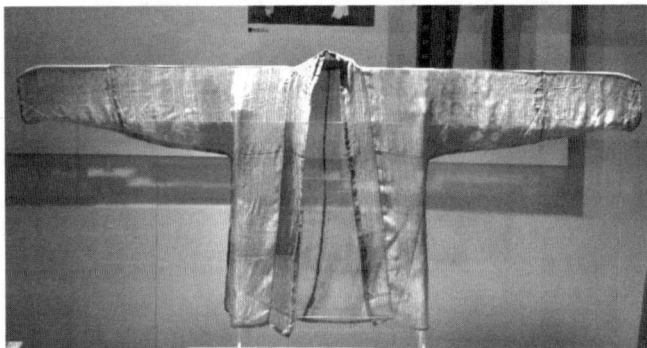

图18　纱衣（南京高淳花山宋墓出土）

现在且让我们将一套完整的夏装加以展示：一袭纱衣，配上一条罗裙，外罩一件罗衫，一个清新飘逸的美人迎面而来！我们不由自主地就要把穿着这身衣服的人想象成是一个美人——宋代诗人赵长卿《鹧鸪天》提到一个女子"薄纱衫子轻笼玉"，诗句并没有说这姑娘长相如何，也许她长得一脸雀斑呢？然而我们不愿意这么想，我们总是想当然地就觉得她应该是个美人。而这大概就是所谓的"书中自有颜如玉"吧。

三、春秋装

春装之所以与秋装放在一起，是因为春天与秋天在气候上有相似的地方。同样的面料，用作春装可以，用作秋装也可以。即便是在今天，在我们每个人的衣橱里，春装与秋装似乎也并没有分开。因为时间跨度长，所以先民用于春秋二季的服装面料种类是最多的，几乎涉及所有丝织面料的类别。

（一）襦

《说文·衣部》："襦，短衣也。"颜师古注《急就篇》："短衣曰襦，自膝以上。"说明襦是指长不过膝的上衣。杜甫《别李义》"小襦绣芳荪"，文同《偶题》"窄窄罗裙短短襦"，石孝友《眼儿媚》"短短裙襦"，可见襦的特点是"小""短"。至于短到什么样的程度，从周邦彦《浣溪沙》"不辞泥雨溅罗襦"这句看，襦似乎也并不算很短，连"泥雨"都能溅到的长度不会在臀部以上。结合张埴《祈雨爱蒋常请求诗》"襦不及胫腰镰谁"，赵孟頫《题耕织图二十四首奉懿旨撰》"布襦不掩胫"，"胫"为人腿，即襦的长度不到人腿部位。由此可见襦的一般长度都在臀部上下。

襦的样式演变规律与衫差不多，最主要体现在袖子的变化上：初唐时为窄袖对襟，到了盛唐以后，整个社会审美风尚以丰腴为美，所以襦的衣袖也变得肥大起来。到了宋代，整个社会风气又回归俭朴，所以襦又回到"窄小"的风格：宋代张嵲《读赵》"故绣裙襦稳称身",张炎《斗婵娟》"罗襦飘带腰围小"中的"稳称身""腰围小"都能看出襦较为合身的特点。

卢照邻《长安古意》"罗襦宝带为君解",王维《杂诗》"映烛解罗襦",辛弃疾《水龙吟》"罗襦襟解",李新《行路难》"解妾罗襦结",这些诗句中,均用一个"解"字作为脱卸襦的动词,可见打结就是襦的唯一固定形式。襦衣胸前有丝带,打结后可固定,睡觉前把丝带结解开就可脱掉了。

襦可说是春秋季节普及率最广的服装样式:上至贵族,下至贫民,襦都可视为必需品。王洋《送周仲固运使之宫湖北》"章子莫恨衣无襦",王之道《再用奴字韵寄李廷吉》"老吏往往寒无襦",刘克庄《三和》"肯信田里寒无襦",可见襦是作为一种衣物中的"底线"存在的,连襦都没有就不用谈其他衣物了。陆游《初夏闲居》"民有裤襦知岁乐",同样看出"襦"可以看成是衡量百姓生活水平的标准:有襦说明日子过得还行,没有则说明日子过得很紧张。

图 19 元代罗襦(内蒙古博物馆藏)

"上流人士"的襦自然是极讲究的。质量上乘的襦要么用罗裁成,要么用锦裁成。

"罗襦"是一种普及率很高的襦衣(图 19)。虞世南《门有车马客》"遗簪堕珥解罗襦",薛能《赠歌人》"罗襦一水沉",乔知之《倡女行》"愿君解罗襦",吴少微《相和歌辞代怨歌行》"莫辞先醉解罗襦",杜牧《张好好诗》"双鬟可高下,才过青罗襦"。这些诗歌均表明唐代歌妓通常都身着以罗为面料的襦衣。王维《杂诗》"映烛解罗襦",卢照邻《长安古意》"罗襦宝带为君解",许浑《寓怀》"动珮响罗襦",同样可看出罗襦在唐代的普及率。宋代跟唐代差不多,"罗"依然是"襦"的流行面料:辛弃疾《水龙吟》"罗襦襟解",赵长卿《鹧鸪天》"暖透罗襦芍药风",陈允平《拜星月慢》"重念酒污罗襦",刘克庄《五和》"还珠并却红罗襦",也可看出罗襦之普遍。吴文英《六丑》"罗襦香未灭",既有熏香,就可知身着罗襦的这人必定养尊处优。

　　"锦襦"也较为常见。张祜《琴曲歌辞代雉朝飞操》"朱冠锦襦聊日整",陈陶《闲居杂兴五首》"越里娃童锦作襦",元稹《有鸟二十章》"铃子眼睛苍锦襦",说明在唐代"锦襦"是常见的。并且"朱冠"和"越娃"二者身份可能相差很远,但都可以身着"锦襦",可见它并没有等级上的限定。宋代"锦襦"一样常见:王令《梦蝗》"绘绣锦衣襦",陈棣《钓濑渔樵行送严守苏伯业赴阙》"锦襦绣帽争乘城",史浩《宝鼎现》"簇彩仗、锦襦丝履"。从这些诗句我们就可看出,这些身着锦襦的人身份都较为尊贵,所以相对而言,"锦襦"的贵气更浓郁些。

　　"罗襦"或"锦襦"的色彩都十分艳丽:王建《宫词》"御前新赐紫罗襦",岑参《玉门关盖将军歌》"野草绣窠紫罗襦",

紫色在唐代是"贵色",所以能拥有一件紫色襦衣是非常荣耀的事情。但从普通穿着上看,更常见的还是红色和绿色的襦:张籍《节妇吟·寄东平李司空师道》:"君知妾有夫,赠妾双明珠。感君缠绵意,系在红罗襦。"此妇穿着的是红色罗襦。另外,权德舆《广陵诗》"掩映红襦明",刘克庄《采荔子十绝》"素女绛罗襦",陈允平《浣溪沙》"两行香泪湿红襦",陈普《蚕妇辞》"催妆要作红罗襦",蔡沈《蜡梅》"宫人隐绛襦",这些都说明红色罗襦是比较常见的。绿色系列如李商隐《景阳宫井双桐》"翠襦不禁绽",陆游《新岁》"依然旧绿襦",似乎相比之下就显得贫寒许多。当然,还有有纹饰的襦,如宋代陈宗远《梦游月宫》"鸾佩霓襦笑相遇",诗人在梦中遇见了嫦娥,嫦娥襦上的花纹是天上云霞。这种纹饰应当是诗人周围生活的反映,所以可能宋代也有女子身穿这种花纹的襦。

"锦""罗"本来已经很美了,再加上精美的刺绣工艺会怎样?白居易《和春深二十首》"何处春深好,春深嫁女家。紫排襦上雉,黄帖鬓边花"所描述的是一户人家在春天嫁女儿的画面:出嫁的新娘上身穿着的就是襦,襦上绣了一排紫色的野鸡图案,"紫""雉"在唐代都是富贵吉祥的象征。白居易《议婚》"红楼富家女,金缕绣罗襦",再次说明了唐代贵族女子的嫁衣多为"绣襦"。温庭筠的"新帖绣罗襦,双双金鹧鸪",罗襦上绣了双宿双飞的鹧鸪,象征爱情,可以想见,穿这身衣服的女子要么是一个年轻的贵妇,要么是一个美艳的名妓。在宋代,绣襦同样广受推崇：王珪《宫词》"早怯秋寒著绣襦"，说明绣襦为宫中的秋季衣物。王安石《仲元女孙》"争挽新花比绣襦"，葛立方《瑞鹧鸪》"龙脑浓熏小绣襦"，文天祥《六歌》"榴花犀钱络绣襦"，可以看出身着绣襦的女子生活环境是多么优越。所以"绣襦"在唐宋年间大约相当于今天的礼服，堪称盛装。

以上是富人的穿着，穷人穿着的襦当然不会这么讲究。一般而言，"布"是他们制作襦的面料，如陆游《病后作》"草履布裙襦"。所谓"布"是由麻、葛之类的植物纤维纺织而成的，其舒适度自然不如丝织品，颜色也乏善可陈，仅为保暖所用，故无须多讲。

襦是上衣，作为男装时，搭配的下装通常是裤，也可以是裙。

一般来说，男子穿襦都与"裤"搭配。陆游《遣兴》"野叟裤襦温"，"叟"可看出其性别特征。白居易《答刘禹锡白太守行》"襦裤无一片"，白居易《客》"襦裤提于手"，苏轼《皇太后阁六首》"雪里贫民得裤襦"，陆游《即事》"僮寒阙裤襦"，从这些诗句可以看出似乎穿裤子的都是些穷人。但也不一定：杨无咎《倾杯乐》"拥襦裤、千里歌谣"，舒坦《寄台州使君五首》"千里裤襦歌不足"，李曾伯《八声甘州》"看邦人、尽歌襦裤"，这些诗句虽然看不出富贵来，但载歌载舞的画面反映出来的必然不会是缺衣少食的生活。所以说，"裤"并不是划分穷人与富人的标准。

古代男子有的也穿"裙"，具体穿法是罩在"裤"的外面，以为美观之用。陆游《幽居》"布帽裙襦老管宁"，苏洵《自尤》"就病索汝襦与裙"，陆游《病后作》"草履布裙襦"，这些诗句都可明显看出穿着"裙"的是诗人自己。今天看来似乎男子穿裙很另类，但事实上"裙"本来就是唐代礼服的一部分。《旧唐书·舆服志》记载，"裙"是"一品以下，五品以上，谒见东宫及余公事则服之"。可见在古代男子穿裙十分正常。不但正常，它更是一种身份的象征。从常理上我们也能理解：穿裙子的必定不是劳动人民，因为不便于劳作，至少是个读书人才会穿"裙"。

刘克庄《观社行》"岁晚与妇争裈襦"，这是一个很有意思的画面：一个大男人与一个妇人争抢"裈"和"襦"。从中我们可以看出仕古代男装和女装差别其实没那么大。作为日常穿着的家居服，男装和女装可以通用。"裈"是一种贴身穿着的有裆的短裤。《说文》段玉裁注："'裈'，贯也。贯两脚，上系腰中也。"按这种解释，"裈"可以男女通用，"裙"也是男女都在穿。

作为女装的襦一律与"裙"搭配，因为裙子是古代女子的一贯穿着样式。杜甫《石壕吏》讲到一户穷人家的媳妇"出入无完裙"——连穷人家需要劳作的女子都是穿裙子的，更不用说富贵人家的女子了。

张耒《秋风三首》"山民燃薪当襦裤"，此句很形象地表现出"襦"和"裤"的基本功能：保暖。因为没有衣服和裤子穿，所以就直接以烤火替代。从这句诗里我们又可看出，襦应当是有一定厚度的上衣。晏几道《浣溪沙》"千里裤襦添旧暖"，柳永《瑞鹧鸪》"襦温裤暖"，毛滂《八节长欢》"襦裤寄余温"，都可看出襦还是更侧重于"暖"。所以说它的穿着季节应当是有点冷，但又不是太冷的初春或者深秋。汉代无名氏《孤儿行》"冬无复襦"，陆游《示福孙井示喜曾》"不诉衣襦单"，可见"襦"可以薄一点也可以厚一点。"复襦"后来发展为"袄"，单襦的概念许多时候又与"衣"相混淆，可见服饰也如同其他文化形式一样，并不是一个静止的概念。

唐代陈陶《闲居杂兴五首》："越里娃童锦作襦，艳歌声压郢中姝。无人说向张京兆，一曲江南十斛珠。"身价这么高的歌女当然是衣食无忧的，所以她穿的是锦襦。但是，这个世界从来都是光明与阴影并存：有人富，必有人穷；有人笑，必有人哭。诗人也有穷途末路的时候：白居易《东南行一百韵寄通州元九侍御澧州李十一》"迎寒补旧襦"，陆游《读苏叔党汝州北山杂诗次其韵》"旧絮补破襦"，陆游《贫甚戏作绝句》"数种裤襦秋未赎"，黄庭坚《次韵子瞻以红带寄王宣义》"妇无复裈且著襦"——赫赫有名的白居易自然有过春风得意的日子，也有过穿补丁旧襦的日子；"小楼一夜听春雨"的陆游也曾有穿破烂衣服，把襦当了换钱花，并且还没钱去赎的日子；杨万里、苏轼、杜甫、陶渊明等诗人都有过为生计发愁的岁月。是什么在支撑着他们不向生活妥协？在"竹杖芒鞋"与"锦帽貂裘"两种生活模式间不断切换的苏轼，需要多么强大的内心才能拥有"也无风雨也无晴"的平和心境？如今的许多人，生活稍不如意便怨天尤人，抑或自暴自弃，甚至报复社会，相形之下，他们比我们要坚强得多。"富贵不能淫，贫贱不能移"放在今天没几个人能做到，可是放在诗人这个群体里许多人做到了。所以从这个角度上看，诗人的确是堪称不朽的。而无论他们是富贵还是贫穷，每逢春秋季节，诗人们身上常穿着一件襦衣，可见襦就是足以代表一个季节的服饰。

（二）衣

在春天或者秋天，令人目不暇接的还有各种丝织面料裁制的上衣。这些上衣给人的感觉比襦薄，但是又不及夏装的纱衣或罗衫薄，所以可以看成是春秋季的过渡穿着。

1. 罗衣

"罗"不仅广泛用于夏季衣料，它也同样可以裁制为春装（图20）。

晏几道有一首写得很美的《临江仙》：

梦后楼台高锁，酒醒帘幕低垂。去年春恨却来时。落花人独立，微雨燕双飞。

记得小苹初见，两重心字罗衣。琵琶弦上说相思。当时明月在，曾照彩云归。

晏几道生活一向安逸。这一天他忽然想起了去年春天的一个场景：当时他正与朋友喝着酒，聊着天，歌女小苹抱着琵琶在角落唱情歌。想必是小苹曼妙的歌声吸引了诗人的注意，于是他循着声音的来源，看到了身着心字纹罗衣的小苹。再然后呢？诗人没说，让读者自己去猜。一年过去，在相似的季节里，他偶然又想起了她。想必小苹应该是歌唱得好，人也长得好，穿的衣服也好看，诗人才对她念念不忘。否则以晏家的权势，平常的歌女怎配入他的筵席，又怎能让他记住名字，并且经久不忘？

"两重心字罗衣"是小苹留给晏几道的深刻印象。从诗歌中我们可以知道衣服是在关乎"春恨"的"落花"时节穿着的。"两重心字罗衣"当如何理解？是一件衣服上印有两重心字的图案，还是小苹穿了两件印有心字纹的罗衣？不管怎样，依据气候来推断的话，当时都不可能只穿一件单薄的衣服，如果小苹穿的是一件罗衣，那也应该是一件有相当厚度的罗衣。

冯延巳有一首《酒泉子》：

云散更深，堂上孤灯阶下月。早梅香，残雪白，夜沉沉。阑边偷唱系瑶簪，前事总堪惆怅。寒风生，罗衣薄，万般心。

这首词的季节比晏几道的还要早。身着罗衣，而此时的自然景象是"早梅香，残雪白"，可知应当是在早春时节。此时的温度无论如何都够不上穿单衣的级别，所以，这件"罗衣"或许是一件有里衬的夹衣。

图20　明代红色罗衣（山东省博物馆藏）

当然最常穿着罗衣的还是阳春时节。此时百花盛开，温度不冷不热，姑娘们就把放在柜子里的罗衣穿上了。唐代诗人张子容《缺题》："在家娇小女，卷幔爱花丛。不畏罗衣湿，折花风雨中。"李端《送窦兵曹》："梨花开上苑，游女着罗衣。"牟融《禁烟作》："尊酒临风酬令节，越罗衣薄觉春寒。"花开的季节不会很冷，也不会很热。所以从这一系列诗歌就可以看出，罗衣穿着的季节正是不太冷也不太热的时候。而我们大概也可以推断出"罗衣"与"罗衫"的区别很可能是罗衣为双层的衣服，而罗衫则是单层的。

2. 绡衣

用绡裁制的上衣在春秋季节也较为流行。

徐似道《马桥秋月》"桂花香堕绡衣寒"，周邦彦《偶成》"窗风猎猎举绡衣"，陈深《洞仙歌》"凉入绡衣风袅"，描述的季节当是秋季：桂花凋谢、窗风猎猎的时候正是深秋，此时人们身着绡衣也会感觉到还是有些凉。王令《甲午雪》"宝绡雅冶吹裳衣"，从题目上看我们就可知道或许这描述的也是跟冯延巳《酒泉子》中差不多的季节。可见"绡衣"与"罗衣"的穿着季节差不多。

　　王琪《望江南》"红绡香润入梅天"，宋白《宫词》"春宵宫女着春绡"，张思济《鹧鸪天》"衣润红绡梅欲黄"，明确指明绡衣是在黄梅天的季节穿着，而黄梅天是什么时候呢？柳宗元《梅雨》"梅实迎时雨，苍茫值晚春"说是在晚春时节。照此句来看，古代的梅雨季节比今天略早。但春末夏初气候冷暖不定，春夏的区别其实是不明显的。苏轼《和陶和胡西曹示顾贼曹》有"红绡卷生衣"一句，"生衣"是指用生绢制成的衣物，较薄，多为夏季穿着，而"红绡卷生衣"我们可以理解为绢衣外面罩了一件红色的绡衣。在冷暖不定的春夏之交或者夏秋之交的时节，这样的穿着方式是可以理解的。当然，也可以理解为用绡衣替代原本穿着的生衣，也就是说，"绡衣"应当比"生衣"厚一点点。

　　在颜色上，杨万里《题朱伯勤千峰紫翠楼》"忽然齐换紫绡衣"，说明有紫色的。王安石《不到太初兄所居遂已十年以诗攀寄》"一水衣巾蔚翠绡"，卢祖皋《忆江南》"称身初试碧绡衣"，蒋捷《贺新郎》"翠绡衣、薄甚肌生粟"，说明有绿色的。欧阳修《渔家傲》"绛绡衣窄冰肤莹"，朱翌《咏紫荆》"红绡紫绮曝仙衣"，说明又有红色的。而陆游《雪后寻梅偶得绝句十首》"宝香熏彻素绡衣"，张玉娘《梦游龙阙》"鲛人愁织雪绡衣"，说明还有白色的绡衣。

　　从理论上讲，"绡"是一种很薄的面料，将之用于春秋季节，从保暖上看似乎不合常理。由此可以推测，"衣"是有里衬的，"绡衣"即表面为绡，至于里衬则可能使用其他略厚的面料，这种制衣工艺今天仍有保留。

3. 练衣

唐代魏朴《和皮日休悼鹤》"练衣寒在碧塘轻"，宋代赵湘《太后阁春帖子》"轻寒御练衣"，宋代陈三聘《朝中措》"练衣已怯风凉"，明代也有胡翰《西村老人隐居》"练衣无暑溽"，可见自古以来练衣都是秋天的服饰。

由于"练"在丝织品中并不算一个高贵的品种，因此用"练"缝制的衣服就显得较有清贫气息。陆龟蒙《丹阳道中寄友生》"村娃练束衣"，方回《送歙尉牛宝臣》"身骑瘦马着练衣"，可看出穿着练衣的要么是村中小娃，要么是骑着瘦马的人。什么样的人会骑"瘦马"呢？人们马上就想到"古道西风瘦马"——凡志得意满之人都不骑瘦马的，比如说李白，他是"五花马，千金裘，呼儿将出换美酒"，再比如柳永是"千骑拥高牙"，都骑着高头大马，只有落魄之人才会骑着一匹瘦马踽踽独行。明代诗人潘子安在《送周练师还龙虎山》中描述了这么一个画面："花底秋云补练衣。""练衣"居然到了需要"补"的境地！看看锦、罗、绫这些高档面料，什么时候会出现需要打补丁这种状况呢？绝对没有的。

陆游《秋日睡起》有"练衣初覆篝炉香"之句。照前文推论来看，此时陆游身穿"练衣"，应该比较穷。情况究竟是不是这样呢？翻阅陆游的诗集，我们可以发现此诗前后他分别还写了《穷居有感》《秋来苦贫戏作》等诗。"生计似蛛聊补网，弊庐如燕添旋泥",这是陆游经济状况的写照,由此可见,陆游老年的日子过得的确是不如年轻时候舒适。但是,陆游所理解的"贫穷"与真正的贫穷之间还是有一段距离,如《秋来苦贫戏作》:"奴闵囊空辞雇直,婢愁冷爨拾炊薪。"从这句诗里我们就可看出陆游穷归穷,但至少家里还有奴婢。同时,从他的《秋日焚香读书戏作》上看出他还能焚香读书,在许多人看来,大概陆游也不算很穷吧——这就是一个标准问题:看跟谁比。

但无论如何,身着练衣的人不说很穷,至少不会很富。

4. 缟衣

苏轼《十一月二十六日松风亭下梅花盛开》"月下缟衣来扣门",葛绍体《中秋后二夜对月》"缟衣练裳新洒涤",戴表元《子昂秋林行客图》"嗟缟衣之嘉客",从这一系列诗歌的题目上我们可以判断出缟衣的穿着季节也多为秋天。

由于"缟"比"练"更低一等,穿练衣的人没钱,不难想见穿缟衣的会是什么样的经济状况了。苏轼《次韵田国博部夫南京见寄二绝》"青裙缟袂饷田头",此诗记载的是苏轼在南京所见:一个女子,身着青裙缟衣,在田间给种庄稼的人送饭。"袂"是指衣袖在臂衬部形成的圆弧。生活在田间的女子穿的衣裳显然不会有多讲究的。元代诗人李孝光《念奴娇》"缟袂青裙桑下路"中描写的也是一个农家女子。戴表元《子昂秋林行客图》"嗟缟衣之嘉客",《子昂秋林行客图》画的是陈子昂落魄江湖的事迹。由此可见,穿"缟衣"的人的社会地位是很低的。

5. 绢衣

魏晋时期诗人繁钦《定情诗》有"白绢双中衣"之句，说明在当时有以绢裁衣的现象。不知为何，唐诗宋词中极少提到"绢衣"或"绢裙"。当然也不是没有，如赵崇鉟《壁间韵》"青绢围裙插杏花"，说明在宋代用青色的绢裁制服饰的情况也是有的。路德延《小儿诗》"旗小裁红绢"，谢良辅《状江南代孟冬》"绿绢芭蕉裂"，陈长方《文儒见和四诗钦叹高妙谨用韵为答卒章问讯汝》"胸中五色绢"，有红，有绿，有"五色"，可见"绢"这一面料的花色算得上丰富，而"绢"的质地在丝织品中也算上乘，所以从理论上讲，绢衣在唐宋应该也是有的。

6. 纨衣

与绢衣一样，唐诗宋词中也较少提到裁纨为衣的现象。但通过少数的作品我们可以推测，唐宋年间应该也有用纨裁制的衣服。李益《立春日宁州行营因赋朔风吹飞雪》"素纨轻欲裁"，司马光《李花》也有"齐纨剪衣薄"之句。由此一可看出"纨"这一面料的特点是轻、白，像雪一样；二可看出唐宋一定有用纨裁制衣服的现象，否则诗人不会凭空想出这个比喻。

（三）半臂

在唐宋，无论男女均可穿着半臂，只不过长度不同。男子的半臂较长，通常在腰部以下（图21），而女子的半臂只及腰部。韩琮《公子行》"紫袖长衫色，银蝉半臂花"，我们通过这句诗就可以看出唐代年轻公子的装束：内穿紫色长衫，外罩一件有花色的半臂。苏轼《东川清丝寄鲁冀州戏赠》"下有半臂出缥绫"，"下"表明半臂的长度至少在腰部以下。吴潜《小至三诗呈景回制干并简同官》"半臂添来体更羸"，黄庭坚《奉和慎思寺丞太康传舍相逢并寄扶沟程太丞尉》"半臂骑驴得佳句"，这些诗句均表明唐宋年间男子身穿半臂并不少见。

图21　男子半臂，宋·赵佶《文会图》局部

但女子身着半臂在壁画中似乎更为常见，也更具代表性。这种半臂相当于今天的背心，是一种短袖罩衣，对襟，可翻领也可无领，以小带子在胸前结住，长度及腰，常与衣、裙搭配穿着（图22）。韩偓《李波小妹歌》"李波小妹字雍容，窄衣短袖蛮锦

红",从这句诗里我们可看出一个年轻女子的装扮:内着窄袖上
衣,外套红色半臂。宋代吴潜《朝中措》"想有歌姬半臂,更深
自可鏖寒",说明当时的歌妓也较为流行穿半臂。《新唐书·车服
志》:"半袖裙襦者,东宫女史常供奉之服也。"可见最初穿半臂
的人都是些身份不高的侍女(图23),贵妇是不穿半臂的。

图22 女子半臂,唐·佚名
《舞乐图》(新疆维吾尔自治区博
物馆藏)

图23 身穿半臂的唐代女俑

从韩偓《李波小妹歌》我们还可看出,半臂是以锦为面料
的。这也可以理解:半臂一是要方便起居,二是要有一定的保暖
功能,而锦这一面料则比较厚实,兼具美观与实用两项功能。半

臂在唐宋广泛流行，据《新唐书》记载，扬州还盛产专用于制作半臂的"半臂锦"。

半臂后又称为"半臂背子"，有人认为这就是宋代"褙子"（图24）的来源。考量起来二者的确有相似性，只是褙子较长，有点像男款的半臂。

图24 南宋褙子（福建省博物馆藏）

（四）罗裳

"红藕香残玉簟秋。轻解罗裳，独上兰舟。"此时的李清照是一个犯着相思的贵妇人。这是她日常生活的写照：在秋意渐浓的季节，李清照想起了远方的丈夫。天色晚了，丈夫还不能归来，于是她只好"轻解罗裳"，独自去睡觉。

顾名思义，"罗裳"就是以罗裁制的裳。《说文·衣部》：

"上曰衣，下曰裳。"段玉裁注："裳，下裙也。"从字面上看，我们很容易把"罗裳"当作与"罗裙"同义。然而，我们若从诗歌中进行分析，则会发现"罗裳"与"罗裙"之间还是有一点细微的区别：

首先，"罗裙"多出现于夏季，而"罗裳"多出现于春秋季节。如李清照《一剪梅》里的"红藕香残玉簟秋"显然写的是初秋时节。赵文《望海潮》"嫩寒初沁罗裳"，另有宋代无名氏《苏幕遮》"试著罗裳寒尚峭"，写出了天气有点冷，但不是那种严寒的感觉，所以应当是初春或者深秋时节。秦观《画堂春》"暮寒轻透薄罗裳"，所说为天色渐晚的时候穿着罗裳会让人感觉到丝丝凉意，而这种气候明显是有别于"荷叶罗裙一色裁"的季节。苏轼《赵昌四季芍药》"天寒犹著薄罗裳"，说明很冷的时候人们通常不会穿罗裳。陈宓《闰月中山行》"轻寒误透薄罗裳"，也说明罗裳的穿着季节应当只是有一点点冷，但又不是很冷的时候，这正符合春天和秋天的特征。再者，何梦桂《贺新郎》中有"重拂罗裳蹙金线"的描述，这条"罗裳"里加入了织金的工艺，凡织金通常都给人以厚重之感，所以我们大概可以推测，"罗裳"应该要比"罗裙"厚一点。其实"罗裳"和"罗裙"的区别就好比"罗衫"与"罗衣"的区别，有时似乎可以互换，但更多的时候还是有各自的侧重点。

其次，"罗裳"可泛指所有衣服，包括上衣，而"罗裙"则不能。如李白《古风》"古来共叹息，流泪空沾裳"之句，流泪是不会用裙子去擦的，要图简便应该是用衣袖。可见，"裳"指代的是模糊意义上的"衣裳"。又如杜甫《夏夜叹》："安得万里风，飘摇吹我裳。"风不可能只吹裙子而不吹上衣，所以这里的"裳"也是泛指衣服。从这个意义上讲，李清照《一剪梅》"轻解罗裳，独上兰舟"，就不可以改为"轻解罗裙，独上兰舟"——要睡觉不可能只脱裙子不脱上衣。

从《一剪梅》里我们可以引申出一个有意思的细节：罗裳是一种日常穿着，相当于正装，在睡觉之前需要脱下来放好。这同宋代几个风流的诗人在妓院中得出的经验一致：贺铸《减字浣溪沙》里写道："背灯偷解素罗裳，粉肌和汗自生香。"柳永《菊花新》："脱罗裳、恣情无限。"杨无咎《瑞鹤仙》："扶归鸳帐，不褪罗裳，要人求托。偷偷弄搦。红玉软，暖香薄。待酒醒枕臂，同歌新唱，怕晓愁闻画角。"我们常在诗词里看到的古代妓女多是些歌妓舞姬，更倾向于"卖艺"，而这几个妓女就有点符合"卖身"的形象了。"解""脱""褪"三个动词意思相近，可知"罗裳"并不能当睡裙穿。

与"罗裙"一样，"罗裳"也是色彩丰富多样的。罗邺《鸡冠花》"谢家新染紫罗裳"，吴锡畴《分题牡丹》"暗风轻振紫罗裳"，说明唐宋均有紫色罗裳；吴芾《和周明瞻秋香五首》"鹅黄衫子翠罗裳"，郑刚中《小饮木樨花下》"披披绿罗裳"，舒亶《浣溪沙》"雨荷风卷绿罗裳"，王之道《绿萼梅》"晓窗犹试绿罗裳"，说的是绿色的罗裳；而晁采《子夜歌十八首》"湿却素罗

图25　明代红色罗裳
（山东省博物馆藏）

裳"，杨万里《赋益公平园牡丹白花青绿》"碧罗领襟素罗裳"，说明也有素净的白色罗裳。

另外，宋代诗人五迈《和赵簿题席麻林居士小隐四韵》有"纨绮可为裳"之句，可见"纨"也可作为裳的面料。只不过从诗歌看来，"罗"在"裳"的面料中几乎占垄断地位（图25）。

（五）缟裙、练裙

"锦""罗"通常是富贵人家的服装面料，而"缟"和"练"则供相对贫穷的人使用。

"缟"和"练"是经常出双入对的两种面料。通常着缟衣则穿练裙，反之亦然。这也很好理解：两种面料都算得上是"廉价商品"，都能够满足某一个消费阶层的需要。韩愈《李花二首》"缟裙练帨无等差"中的"帨"为一种腰间的配饰，"无等差"正说明二者之般配。楼钥《谢潘端叔惠红梅》"缟裙练帨玉为肌"，苏轼《次韵杨公济奉议梅花十首》"缟裙练帨玉川家"，喻良能《谢监丞子长雪中四绝》"缟裙练帨颤鸾篦"，胡铨《和和靖八梅》"缟裙练帨照钗荆"，这些诗句都能看出"缟"与"练"的形影不离。

以练为衣物面料的人不会是富家子弟，显然，练裙也是穷人家才穿的裙子。陈杰《故人家》"葛帔练裙任昉儿"，葛胜仲

《水调歌头》"自有练裙葛帔"，从这些与练裙搭配的服饰就可以看出练裙的社会地位："葛"是一种植物纤维，用葛制成的帔是难登大雅之堂的。苏轼《伯父送先人下第归蜀诗云人稀野店休安枕路入》"竹笥与练裙"，胡榘《咏丹桂》"破祴山僧练裙女"，梅尧臣《雪中怀广教真上人》"水边思练裙"，王灼《送雍尧咨游青城》"麻姑青练裙"，许琮《渌水词》"练裙香动竹叶小"，苏轼《八月十七日天竺山送桂花分赠元素》"练裙溪女斗清妍"，从这些诗也可以看出"练裙"多与山林、水边、村落、僧道之类相关，离庙堂中的富贵之气是比较远的。

梅尧臣在《澄虚阁》写道："闲来衣练裙"，可见一般情况下人们都不会穿练裙，除非是心血来潮。为什么不穿呢？魏了翁《李参政折赠黄香梅与八咏俱至用韵以谢》可提供答案："练裙缟悦觉无华。"练和缟都可看成是丝绸里的半成品，当然是"无华"的，比不上工艺复杂的绫锦罗纱。

第三章　穿戴配饰

一、头部

（一）巾

"巾"是指头巾，方形，当束发之用，一般用纱制作，也有用罗、绡裁制的，但相对少见。头巾系法较为简单，可将巾折叠成形，或者直接覆于头顶，系结于额前，或者系结于颅后。

在古代，头巾一般为男子所用。女子戴头巾的现象也有，如戴叔伦《女耕田行》"头巾掩面畏人识，以刀代牛谁与同"。戴头巾的一般都是些贫家妇女，贵族女子的头上要佩戴首饰，所以不会戴头巾。贫民女子戴上头巾包裹头发，可以使头发服帖，方便劳动，这就好比今天某些快餐店的服务员会戴一块头巾一样，以求干净利落（图26）。但对男子来说，戴头巾不仅是为了整洁，它更是一种礼仪。凡男子行冠礼之后，均须佩戴头巾，因而"巾"在诗词里极为常见。

图26　戴头巾的女子，山西平定金墓壁画

我们先看看哪些人需要佩戴头巾。唐代薛能《许州题德星亭》"只戴纱巾曳杖藜"，崔峒《书情寄上苏州韦使君兼呈吴县李明府》"竹杖纱巾遂性情"，白居易《香山避暑二绝》"纱巾草履竹疏衣"，宋代陈与义《寓居刘仓廨中晚步过郑仓台上》"纱巾竹杖过荒陂"，其中的"纱巾"与"杖藜""竹杖""草履"搭配，可见佩戴之人并非高官厚禄之辈。然而从另一些作品中我们又可读出不一样的结论：姚合《陕下厉玄侍御宅五题代竹里径》"纱巾灵寿杖"、李新《某夏夜酣寝飘然身若凌云其觉也作梦游仙以原》"锦绶纱巾初溷尘"表明，"纱巾"也可以与"灵寿杖""锦绶"这样高贵的器物并列。由此可见，"纱巾"不具备身份的区分功能，无论贵贱，都常戴纱巾。白居易《上香炉峰》"青筇竹杖白纱巾"，王禹偁《道服》"楮冠布褐皂纱巾"，说明在唐宋年间，不仅世间的男子要戴头巾，连出家的道士也是需要戴的。所以"巾"可视为男子的基本服饰（图27）。

图27　戴头巾的男子，宋·萧照《中兴瑞应图》局部

通常而言，戴上纱巾这个动作在诗词里称作"岸"。晁冲之《乐府二首》"病来饮不敌群豪，笑岸纱巾卸锦袍。一座空烦春笋手，玉杯乳酪贮樱桃"写的是诗人饮酒作乐的场景：有一群开怀畅饮的朋友，还有一群美人陪伴，喝多了，自然就要卸掉正装"锦袍"才舒适。与锦袍相搭配的是"帻"，日常居家则戴纱巾即可，所以"笑岸纱巾卸锦袍"，即脱下锦袍，把"帻"换成"巾"，这类似于今天脱下制服换上家居服的感觉。

黄庭坚《代书》"台源吟松籁，先生岸巾纱"，陆游《秋兴》

"徐行曳藤杖，小立岸纱巾"，陆游《倚栏》"闲岸纱巾小倚栏"，照这些诗句看来，这一系列的"岸纱巾"都发生在非上朝的情况下，所以可以理解为闲居的状态。正如陆游《乌夜啼》所言，"纱巾缥缈轻烟"，纱的轻柔气质似乎更适合于文人雅士。刘长卿《赠秦系》"向风长啸戴纱巾"，张籍《和韦开州盛山十二首·琵琶台》"著履戴纱巾"，梅尧臣《依韵和秋夜对月》"纱巾时任酒沾濡"，蓝方《和庞学士》"不妨林下戴纱巾"，赵湘《秋日过韩原隐居》"纱巾任侧衣从破"，其中诗人塑造出来的都是一种散淡不羁或隐居山林的生活态度，和朝廷仕途相去较远，可见"巾"就是一种闲居的首服。

关于纱巾大小形制，我们也可以从诗歌中找到答案：黄庭坚《谪居黔南十首》"轻纱一幅巾"，陆游《园中作》"纱巾一幅立斜阳"，胡寅《携酒访奇父小酌竹斋以诗来谢次其韵》"杖策巾横一幅纱"，可见纱巾通常以"一幅"为度。"幅"为布的宽度，即二尺二见方。而赵孟坚《重赋暨邑池亭》又有"半幅纱巾轻"之说。"一幅"也好，"半幅"亦可，说明纱巾并没有统一的尺寸规定。

在颜色上，白居易《无长物》"青竹单床簟，乌纱独幅巾"，司空图《修史亭三首其三》"乌纱巾上是青天，检束酬知四十年"，王禹偁《道服》"楮冠布褐皂纱巾"，说明黑色纱巾较为常见。顾禧《九日登浮屠》"菊花犹插碧纱巾"，王镃《重午》"艾枝簪满碧巾纱"，可见也有碧绿的纱巾。白居易《上香炉峰》"青筇竹杖白纱巾"，于鹄《过张老园林》"身老无修饰，头巾用白纱"，说明还有白色的纱巾。而众所周知的"黄巾起义"正是因为起义者戴黄色头巾而得名，我们未知当初他们的头巾是什么质地，但既然纱巾如此常见，想必也有黄色的纱巾。

无论天气冷热，男子均会佩戴纱巾。陆游《夏夜泛溪至南庄复回湖桑归》"纱巾剩觉发飕飗"，晁补之《北京水后往棣州试进士》"流汗沾巾纱"，杨万里《七夕后一夜，月中露坐二首》"桂梢分露滴纱巾"。在夏天，不戴头巾想必是比较凉快的，但是他们依然戴着纱巾，即便出汗了也不摘下来，可见头巾对于文人而言应当是一种基本的配饰，绝不能少。这从李贺《咏怀二首》"头上无幅巾，苦薜已染衣"同样可得到印证：他想表达生活很窘迫，典型的意象是连头巾都没有，可见头巾不可或缺。

至于纱巾的产地，宋代刘筠《属疾》云"轻巾覆越纱"，表明越州的纱是广泛用于制作头巾的。

除了纱，还有用绡、罗裁制的头巾。白居易《香山寺石要潭夜浴》"绡巾薄露顶，草履轻乘足"，《游丰乐招提佛光三寺》"竹鞋葵扇白绡巾，林野为家云是身"，可见白色绡可用于裁制头巾。花蕊夫人《宫词第六十二首》"后宫阿监裹罗巾，出入经过苑囿频"，说的是宫里的太监们头上裹的是罗巾。这两种面料的头巾虽不常见，但既有诗歌记载，就说明在当时是真有其事的，除非诗人误判面料。只不过既然都是头巾，想来功能大同小异，所以不再赘述。

（二）帻

"帻"用于包裹发髻。《说文·巾部》："帻，发有巾有帻。"段玉裁注："覆髻谓之帻巾。"也就是说它与头巾的区别在于"巾"覆盖整个头部，而"帻"则只是覆盖整个发髻。苏轼《岐亭五首》"为君三日醉，蓬发不暇帻"，陆游《秋冬之交杂赋》"闲人不蓄帻，散发醉江天"，可以看出，帻是需要以发髻为前提的，蓬头散发的状态下则不用帻。

一般来说，在人前保持形象的整洁是一项基本的礼仪。这就是说，男子一般都是要戴帻的。权德舆《郊居岁暮因书所怀》"岸帻寻古寺"，白居易《喜与杨六侍御同宿》"岸帻静言明月夜"，描写的时间都是在夜晚，然而诗人的形象却不因是夜晚就不拘小节，他们依然要戴上帻才出去寻找古寺，或者与友人畅谈人生。照此我们可以推测，假如某人在人前不戴巾帻，则可以说明此人之放荡不羁。苏轼《岐亭五首》"乐哉无一事，十年不蓄帻"，苏轼怡然自得的心境是通过"不蓄帻"来加以体现的。陆游《草书歌》"槌床大叫狂堕帻"，陆游《初到荣州》"一杯径醉帻自堕"，杨无咎《瑞鹤仙》"痛饮无妨堕帻"，"堕"，落也，这些诗句也是通过"堕帻"这一细节来体现狂士的形象的。

与头巾一样，戴上帻这个动作也称为"岸"。李贺《潞州张大宅病酒，遇江使寄上十四兄》中云"岸帻褰纱幌，枯塘卧折莲"，"褰"，掀起之意，这两句诗描述的是诗人从室内到室外的过程。从常理上看，诗人出门需要穿戴整齐，所以首先要戴上

"帻"，然后才可能出门看到荷塘上面枯萎的荷叶莲蓬。白居易《残春晚起伴客笑谈》"披衣岸帻日高起"，"披衣"与"岸帻"对举，同为"晚起"后穿戴的动作。李白《宣州九日闻崔四侍御与宇文太守游敬亭余时登》"日暮岸帻归"，天色渐晚，一群吃饱喝足的人打算回去了，于是需要整理一下自己的衣着，重新戴上摘下去的帻。韦应物《休暇东斋》"岸帻偃东斋"，陆游《溪上小酌》"岸帻出篱门"，吴文英《绛都春》"笑乌帻、临风重岸"，同样可看出"岸"即"戴"的意思。

在颜色上，"帻"与"巾"的色彩类似，主要分为黑色、红色、绿色、白色几种色系。韩翃《赠郓州马使君》"路人趋墨帻"，晁补之《长安行赠郭法曹思聪》"越罗作衫乌纱帻"，陆游《醉落魄》"投杯起舞遗乌帻"，吴泳《满江红》"半醉尽教乌帻堕"，陈与义《开壁置窗命曰远轩》"轩中岸玄帻"，"墨""乌""玄"均属黑色系列。红色在诗歌中通常表现为"绛""赤"，如王维《和贾至舍人早朝大明宫之作》"绛帻鸡人报晓筹"，黄庭坚《庚中宿观音院》"赤帻峨鸡冠"，宋祁《长兄冬夕递宿偶成长句上寄》"绛帻鸡人唱夜筹"，岳珂《宫词一百首》"坐待报筹呼绛帻"。还有绿色，如李白《古风其八》"绿帻谁家子"，宋祁《立春》"汉官青帻待晨霞"，陈维崧《柬程村文友》"忆唱绿帻金丸"。白色的帻相对较少见，通常为村居之人所用，如皮日休《临顿为吴中偏胜之地陆鲁望居之不出郛郭旷若》"白帻刈胡麻"，杜甫《北邻》"白帻岸江皋"，陆龟蒙《叠韵山中吟》"白帻客亦

"惜",从"胡麻""山中"等词均可看出戴白帻的人的身份。

帻也是一年四季都有佩戴。林逋《小圃春日》"岸帻倚微风",陆游《春日》"久抛朝帻懒重弹",从题目上可看出是春天;白居易《夏日闲放》"褰裳复岸帻",陆游《首夏》"岸帻披衣露气清",李弥逊《寄题向伯恭侍郎企疏堂》"北窗岸帻夏日静",明指是夏天;陆游《秋雨》"流汗沾衣帻",陆游《秋冬之交杂赋》"闲人不蓄帻",从题目上也可看出是秋天;权德舆《郊居岁暮因书所怀》"岸帻寻古寺",宋祁《长兄冬夕递宿偶成长句上寄》"绛帻鸡人唱夜筹",陆游《饮伯山家因留宿》"岸帻莎庭便发冷","岁暮""冬夕""冷"等都点明季节是冬天。

（三）幞头

"幞头"是唐宋公服的一部分。方回《悲歌五首》"更问公裳与幞头",张耒《无咎兄赠子方寺丞见约出院奉谒复用原韵上呈》"紫衣宣诏幞被囊",可见"幞头"是与"公裳"相搭配的,穿戴好之后去上朝应诏。

幞头也由头巾发展而来。按《说文》的解释,"幞"等同于"帕",而"帕"则是"帛三幅曰帕"。由此可见,它就是指一种宽幅的头巾。它与头巾的区别在于头巾是一整块四四方方的布料,而幞头则是在方帕上裁出四脚,加长,形成阔带,便于系结。这样,从穿戴效果上来看,头巾无垂下来的两脚,而幞头则有或长或短或硬或软的两只脚（图28）。

图28　宋·赵佶《听琴图》，抚琴者戴帻，听琴者戴幞头

图29　唐太宗像

按宋代黎靖德所编《朱子语类·郑九十一·礼八》："唐人幞头，初止以纱为之，后以其软，遂斫木作一山子在前衬起……其先幞头四角有脚，两脚系向前，两脚系向后；后来遂横两脚，以铁线张之。然惟人主得裹此。"由这篇记载我们可了解到两点：起初幞头的面料主要是纱；另外，幞头的形制是尊卑有别的。

在唐代，皇帝的幞头脑后的两脚比较长，而且相对较为硬朗，称为硬脚幞头（图29）；而一般人的幞头的脚则相对较短，且两脚较软，称

为曲脚幞头（图30），上至官员，下至仪卫、歌舞艺人都戴这种
幞头。宋代以后，幞头最大的变化体现在脑后的两只脚上，不仅
两脚越来越长，越来越直（图31），并且唐代仅有皇帝才可用到
的直脚幞头被大面积地使用在朝廷命官的官服上（图32）。这种
幞头内衬铁丝、竹篾等材料，两脚张开，又细又长，形如直尺，
从宋至明一直是官员上朝时的必备首服，直到清朝不适用于满族
发式才被废弃。据说采用这种幞头是为了避免官员在上朝时交头
接耳，未知信否。皇帝的幞头到了明代又为之一变：从宋代一直
沿用的细长直脚被大幅度缩短，并且两脚朝上（图33）。这大概
也是出于区分尊卑的目的：宋元两代皇帝和百官的幞头样式并无
明显区别，明代为了将二者区分开来，所以将皇帝的幞头做成短
脚的样式。

　　从颜色来看，李贺《马诗・十四》："香幞赭罗新，盘龙蹙蹬
鳞。"说的是幞头用赭色罗裁成。曾几《喜天游二十一兄至亳社
时同叔夏十六兄作》："花枝应亦喜，红幞已微吐。"用幞头比喻
花苞，这说明当时又有红色的幞头。

　　按幞头的形制，方便是它的一大特色。它比"巾""帻"更
接近于帽子，戴上或者脱下都更加容易。唐代刘行敏《嘲崔生》
"幞头拳下落"，描述的是一个打架斗殴的画面：一个男子极不经
打，三下两下就被别人把幞头打落了。宋代释道颜《颂古》"捋
下幞头归去也"，释道枢《颂古三十九首》"幞头捋下发髻松"，
用的是"捋"这个动词。由此可见，幞头穿脱的确都很便捷。

图30 《乐舞图》局部，唐·苏思勖墓壁画

图31 宋徽宗像

图32 王安石像

图33 崇祯帝像

（四）帽

1. 锦帽

"老夫聊发少年狂，左牵黄，右擎苍。锦帽貂裘，千骑卷平冈。"这个时候的苏轼官居太守，从衣着上就看得出他生活优裕。他在黄州时只担任团练一职，俸禄有限，所以那时候他的装扮就是"竹杖芒鞋"。尽管他向来心境开阔，对物质并不在意，但客观上我们还是能看出苏轼的经济状况在不断变化。

"裘"与"帽"可说是旧时富贵人家冬季的标准配备。崔鸥《句》"翠裘锦帽初相识"，吴则礼《减字木兰花》"貂裘锦帽，盘马不甘青鬓老"，白玉蟾《初至梧州》"锦帽貂裘呼蹴"，贺铸《与张历阳追怀从禽之乐因赋》也有"锦袍貂帽结戎装"。"锦帽"，顾名思义，是以锦为面料制作的帽子。锦的名贵众所周知，而"翠裘""貂裘"则更加名贵，属于当时保暖性能最好的两种面料。冬天凛冽的寒风呼啸而来，但是因为有着"锦帽貂裘"的防卫，再冷也无所谓，人们甚至照样可以逐着寒风出去打猎。

中华民族对美的追求永远都没有尽头。原本锦已经很美了，但是人们并不满足于此，而是习惯于"锦上添花"，他们往往还要在锦缎上添加各种精美的刺绣，所以就有了"绣帽"。王质《满江红》"空怅望、锦裘绣帽"，王庭珪《江城子》"锦袍绣帽跃金鞍"，陈棣《钓濑渔樵行送严守苏伯业赴阙》"锦襦绣帽争乘城"，王逢《淮安忠武王箭歌题垂虹桥亭》"锦裘绣帽白玉带"，从这些诗句中我们可以看出戴锦帽或者绣帽的都是些社会上流人

图34　锦帽，金·张瑀《文姬归汉图》局部

士，也就是说，"绣帽""锦帽"基本上等同于"富贵"。

锦帽的做工精美。李复《观山郊阅武》"叠锦联貂帽，飞光散羽旗"描述的是冬季狩猎的场面。"叠锦联貂帽"明显是将领的装扮，这顶帽子由锦和貂皮两种原料制作而成，"叠锦"——几层锦，多层重叠之意，加上貂的皮毛，既有色彩的对比，又不显臃肿，还有很实际的保暖功能，可谓既美观又实用（图34）。

2. 纱帽

"乌纱帽"大概是我们中国人最熟悉的一个关于古代帽子的词语了，在我们的意识中，似乎乌纱帽完全可以与做官画等号。的确，据《新唐书·车服志》记载，在唐代，从天子到各级官

图35　明代乌纱帽（江苏省常州市博物馆藏）

员，纱帽都是他们礼服的一部分。柳宗元《同刘二十八院长述旧言怀感时书事》"春衫裁白纻，朝帽挂乌纱"，即上朝时须戴乌纱帽。因纱帽一般都用乌纱缝制而成，所以一般都将颜色与帽子合称为"乌纱帽"（图35）。

然而在唐宋并不是只有做官的人才能戴纱帽，纱帽通常也作为文人雅士的家常装束。卢仝《走笔谢孟谏议寄新茶》："柴门反关无俗客，纱帽笼头自煎吃。"王维《慕容随携素馔见过》："纱帽乌皮几，闲居懒赋诗。"白居易《初冬早起寄梦得》："起戴乌纱帽，行披白布裘。"戴叔伦《客中言怀》："白发照乌纱，逢人只自嗟。"描述的都是诗人日常生活的状态，跟上朝无关，可见平时他们也是要戴纱帽的。

锦帽便于保暖，因而多用于冬季，而纱帽是由轻纱裁制而成，透气性好，所以一般用在夏季。李嘉祐《寄王舍人竹楼》："南风不用蒲葵扇，纱帽闲眠对水鸥。"白居易《夏日作》："葛衣疏且单，纱帽轻复宽。"韩翃《赠别王侍御赴上都》："幸有心期当小暑，葛衣纱帽望回车。""蒲葵扇""夏日""小暑"都点明了纱帽的佩戴季节。

有别于锦帽的是，纱帽并无多少富贵气。张籍《答元八遗纱帽》："黑纱方帽君边得，称对坐竹床。"再以前文为例，"纱帽"多与"葛衣""葵扇""竹床"等较为低等的原料搭配，虽然也有"裘"，却是"白布裘"，可见"纱帽"显示出的更多的是文人的隐逸情怀。

3．罗帽、绢帽

也有用罗、绢这两种面料制作的帽子，不过相对而言较为少见（图36）。花蕊夫人《宫词》"罗帽罗衫巧制裁"，周必大《进读三朝宝训终篇赐宴赐赍谢恩诗》"宫花压帽罗丝簧"，描写了来

图36 金代黑罗帽（黑龙江阿城齐国王墓出土）

自宫廷的罗帽，上面还饰以宫花；毛滂《武陵春》"插帽殷罗金缕细"，帽子是用红底织金罗制作而成，所以也是较为精致的。

另，苏轼《李公择过高邮见施大夫与孙莘老赏花诗……》"绢帽着红槿"，可见也有用绢裁制的帽子。

（五）抹额

顾名思义，"抹额"是一种细窄的带状额饰，正面系于额头，于头后打结固定，主要是装饰，也有一定的保暖作用（图37）。

无论男女均可佩戴抹额。《旧唐书·韦坚传》"自衣缺胯绿衫，锦半臂，偏袒膊，红罗抹额，于第一船作号头唱之"，宋代释道行《颂古三首》"紫罗抹额绣腰裙"，描写了女子佩戴的抹额（图38）。《红楼梦》中贾母、王夫人、王熙凤等也佩戴抹额。而男子同样也有佩戴抹额的现象，如戴表元《次韵答邻友况六首》"茜红抹额臂擎苍"，描述的是一个佩戴红色抹额、擎着猎鹰的贵族公子形象。《红楼梦》中贾宝玉在冬天也佩戴抹额。可见佩戴抹额这一习俗源远流长。

图37　戴抹额的武士
（陕西汉阳陵出土）

图38　清·焦秉贞《岁朝清供图》
局部

　　一般而言，抹额都是以罗为面料的。陈与义《题继祖蟠室三首》"正待吾曹红抹额"，戴表元《次韵答邻友况六首》"茜红抹额臂擎苍"，释行海《次徐相公韵十首·出塞》"红罗抹额坐红鞍"，释道行《颂古三首》"紫罗抹额绣腰裙"，这些诗句中的抹额都是用罗制成的。

　　抹额的颜色主要是红色和紫色。无论是"红"还是"紫"都是"贵色"，可见佩戴抹额的人身份都较为尊贵。蒲寿宬《送沈保叔国谕试艺右庠》"也曾应诏红抹额"，从"应诏"一眼可看出戴抹额的人的身份。唐顺之《古北口观降夷步射复戏马驰射至夜》"抹额貂皮并系腰"，从"貂皮"这种配饰也可以比照出抹额的价值。

二、肩部

帔

"凤冠霞帔"是我们熟悉的一个词语。它曾是许多人的梦想，因为它象征着尊贵：在皇宫，嫔妃们参加重要场合所穿礼服中有凤冠霞帔；在寻常百姓的婚嫁中，霞帔也是新娘子礼服不可或缺的一部分。凤冠是头饰，由黄金与孔雀羽毛制成；霞帔则可以照字面理解，即灿若云霞的帔。王以宁《浣溪沙》"夫人冠帔烂云霞"，梅蟠《何仙姑祠》"霞帔尚翩翩"，可以视为对"霞帔"的直观描述。

帔类似于我们今天的披肩，以长形居多，也有菱形、圆形。刘熙《释名·释衣服》："帔，披也，披之及肩，不及下也。"其形制正开前襟，穿着时多披搭于肩上，可旋绕于手臂间自然垂下，可用手挽于胸前，也可把披帛打结固定于半臂的缨带间（图39）。唐代李涉《寄荆娘写真》"五铢香帔结同心"，宋太宗《缘识》"六铢衣帔是神仙"，"铢"是古代重量单位，形容极轻，"五铢""六铢"都是极言帔之轻盈。而帔的视觉效果，则如曹勋《长安有狭斜行二首》所言，"中妇曳云帔"，"曳"字就提示出帔比较长，并且很飘逸。

图39　《观鸟捕蝉图》，唐章
怀太子墓壁画

图40　《执扇宫女
图》，唐懿德太子墓壁画

　　从面料上看，质量上乘的是"罗帔"。薛昭蕴《女冠子》
"雾卷黄罗帔"，元稹《会真诗三十韵》"宝钗行彩凤，罗帔掩丹
虹"，薛能《吴姬十首·其九》"冠剪黄绡帔紫罗，薄施铅粉画青
娥"，这些帔由黄色、红色或紫色罗制成（图40）。也有差一些
的"练帔"，如李贺《昌谷诗》"瀑悬楚练帔"。还有质量更次，
一般为穷人家使用的"葛帔"，如陈杰《故人家》"葛帔练裙任
昉儿"，葛胜仲《水调歌头》"自有练裙葛帔"。葛是一种类似于
麻的面料，一般都为穷人所用。还有一种参照僧侣袈裟做法的
"衲帔"，如曹勋《山居杂诗九十首》"萧萧衲帔冷"，吴则礼
《次公采赠太希先密云团韵》"岂徒衲帔痿羸坐"。"衲帔"由多
块布料拼接而成，不可能供大户人家使用，而是由较为贫困者或

者出家人使用。总的来说，唐宋年间制作帔帛的面料既有高贵的罗，也有极素朴的葛，由此可见无论是富人还是穷人均有着帔的风俗，并不是只有某个阶层的人才能使用。

"霞帔"的"霞"既是形容帔帛美丽的形容词，同时也是最常见的帔的纹饰。吕渭老《满江红》"正彩霞垂帔"，刘辰翁《虞美人》"漫脱红霞帔"，宋代无名氏《念奴娇》"云帔拖霞"，这些"霞帔"都是实指有云霞花纹的帔。或许因为"霞"是最为常见的纹样，所以后来索性就与"帔"连用了。

图41　明·杜堇《宫中图》局部

但是，帔并不是只有"霞"这一种纹饰，还有其他颜色和花色（图41）。先是黄色系列，如王建《宫词》"私缝黄帔舍钗梳"，薛昭蕴《女冠子》"雾卷黄罗帔"，何梦桂《八声甘州》"金帔霞衣"；再是紫色，如朱敦儒《眼儿媚》"紫帔红襟艳争浓"；再是青色，如韩愈《游城南十六首代楸树二首》"谁人与脱青罗帔"，楼钥《伯中弟生朝赋酴醾》"蒙蒙青罗帔"，曹勋《夹竹桃花》"似青帔艳妆神仙侣"；再是绿色，如阎朝隐《奉和立春游苑迎春应制》"萝茑犹垂绿帔巾"；再是白色，如惠洪《浪淘沙》"手把遗编披白帔";再是红色,如元稹《会真诗三十韵》"罗帔掩丹虹";后来在元代还有黑色,如王哲《瑞鹧鸪》"皂帔佳舞六幺";另外,还有各种五彩斑斓的"花帔",如白居易《吴宫辞》"淡红花帔浅檀蛾",沈瀛《满庭芳》"芙蓉帔欲去",杨万里《看刘寺芙蓉》"搭以帔五色",卢照邻《杂曲歌辞代行路难》"倡家宝袜蛟龙帔",这些帔上都印有花鸟或祥瑞图案。除了以上印染工艺,还有刺绣工艺的加入,如舒岳祥《乐神曲》"绛衫绣帔朱冠裳"。

由这些丰富多彩的色泽、纹样以及如此精致的做工,我们就可看出帔在唐宋年间的普及程度。

稍加注意我们就会发现帔的使用者其实不只是女子,男子也是戴帔的。陆游《龟堂初暑》"葛帔纱巾喜日长",此诗是写诗人自己,他身披用葛制成的帔,头戴纱巾。刘克庄《挽郑宣教》"葛帔悲交态",诗人所挽的"宣教"是职位,可见是一位姓郑的男子。曹勋《山居杂诗九十首》"萧萧衲帔冷",吴则礼《次公采赠太希先密云团韵》"岂徒衲帔瘘羸坐",也均可看出是男子的打扮。

男子戴帔更常见于道士。刘威《赠道者》"道帔轻裾三岛云",刘禹锡《和令狐相公送赵常盈炼师与中贵人同拜岳及天》"霞帔仙官到赤城",施肩吾《遇醉道士》"霞帔寻常带酒眠",李中《贻庐山清溪观王尊师》"霞帔星冠复杖藜",葛立方《卫卿叔自青旸寄诗一卷以饮酒果核殽味烹茶斋》"云装羽帔入仙乡"，从这一系列诗句中我们可以得出两点结论：第一，"霞帔"
并不只是女子佩戴的服饰，不管"霞"是实指还是虚指，总之
"帔"男女都适用；第二，唐宋年间的道士生活条件是不错的，
尤其是唐代，身着精美的"霞帔"的这些道士，来往的都是些有
名有姓的大人物，这也从侧面反映出唐代道教的兴盛。

　　不管是男子还是女子，通常帔都是供外出时戴的。在女子方
面，元稹《会真诗三十韵》"宝钗行彩凤，罗帔掩丹虹"，"行"
字就暗示出户外的特征。至于男子，从刘禹锡《和令狐相公送赵
常盈炼师与中贵人同拜岳及天》"霞帔仙官到赤城"，施肩吾《遇
醉道士》"霞帔寻常带酒眠"，李中《贻庐山清溪观王尊师》"霞
帔星冠复杖藜"中的"拜""到""遇""杖"也可看出是在
户外。

　　从这一点上我们又可推断，男子的帔和女子的帔在形制上是
不一样的。女子的多以长形带状为主，形成一种飘逸的风格，男
子如果穿戴同样的帔，显然不合常理。所以，男子的帔应该是长
方形的片装形式，同样在颈部或胸前打结固定，简言之，就是我
们后来所说的"披风"（图42）。曹勋《山居杂诗九十首》"萧萧
衲帔冷"，从"冷"字我们就可看出帔的一个功能是御寒，而
"披风"明显可以保暖，这符合男装"实用在先"的基本特征。
同时它也可以精工细作，做出"灿若云霞"的效果，所以也可称
为"霞帔"。相对而言，男子的这种"霞帔"比女子的"霞帔"
更具实用价值，所以，这种样式的"霞帔"后来又成为男女通用

的外出必备服饰。也就是说，如果我们要从概念上梳理一下的话，男子的帔的样式就是"披风"，而女子的帔除了"披风"的样式，还有长宽飘带的样式。

图42　男子的帔，宋·赵佶《文会图》局部

三、腰部

（一）腰带

腰带首先是实用之物，用来固定衣裙。清代以前衣服都没有纽扣，且一般都会做得相对宽大，在穿着时，如果没有彩带的束缚就会变得宽袍大袖，行动会非常不便。所以，无论男女，腰带在正装出席的场合都是必不可缺的。

腰带材质可多样化，如金、银、玉、皮革，但丝绸总是居于第一位的。

对男子而言，腰带不仅实用，更是身份的重要标志。李白《结客少年场行》"珠袍曳锦带"，杜甫《即事》"百宝装腰带"，王建《宫词》"粟金腰带象牙锥"，胡铨《家训》"拥笏腰带垂"，赵师侠《清平乐》"乞与黄金腰带"，从中可看出，重要的不在腰带本身，而在于腰带上面的配饰——"百宝""金""象牙""笏"，都是富贵的象征。

"锦带"可承载所有的寄托：正如"锦袍"不只是一件袍子一样，"锦带"也不只是一条腰带，它更多地代表着一种荣耀、理想，以及飞黄腾达的可能。

与"锦带"最相般配的是"吴钩"。鲍照《代结客少年场行》："骢马金络头，锦带佩吴钩。"李益《边思》："腰悬锦带佩吴钩，走马曾防玉塞秋。"王安中《菩萨蛮》："吴钩锦带明霜晓，铁马去追风，弓声惊塞鸿。"这些诗句为我们提供了一系列意气风发、自信满满的少年英雄的形象：脚跨宝马、腰系锦带、带佩"吴钩"。"吴钩"原本是春秋时期流行的一种弯刀，以青铜铸成，后来也就成了驰骋疆场、骁勇善战、建功立业的精神象征。"男儿何不带吴钩，收取关山五十州。请君暂上凌烟阁，若个书生万户侯？"李贺的理想也是许多年轻人的理想，挑战意味着机遇，机遇意味着飞黄腾达。在唐代，人们从来都不回避自己想建功立业进而大富大贵的理想，正如杜甫《后出塞五首·其一》所言："男儿生世间，及壮当封侯。战伐有功业，焉能守旧丘。"男子汉就应该凭战功封得"万户侯"，有什么好遮遮掩掩的呢？相比之下，通过战场建立功勋总是来得更加直接和有效一些，所以，但凡是男儿，心中都藏有一个"吴钩"的梦想。"吴钩"是英雄们的兵器，如同手足，当然不能离身，而诗句则再次为我们提供了少年英雄们的"经典造型"。王维《燕支行》："麒麟锦带佩吴钩，飒沓青骊跃紫骝。拔剑已断天骄臂，归鞍共饮月支头。"腰带扎紧，腰带上的麒麟吴钩熠熠生辉，少年扬鞭策马，手起刀落，敌人已然被斩落马下。这是一支英雄的赞歌，也是大唐尚武的写照：只要胜仗一打，回去立马封侯。读书人是不那么受重视的，所以才说"若个书生万户侯"，但说出这话的，却恰恰是身为读书人的李贺，想来他说这话时应是感慨万端。晁端礼《满庭芳》："雪满貂裘，风摇金辔，笑看锦带吴钩。照人青鬓，年少定封侯。"孔武仲《合下会食赠张文潜》："锦带貂裘亦不恶，宿酒移春入颜角。"从这些诗句我们可看出当时的人的理想无非就一个，无论是读书还是打仗，总之目标是一样的：做官。"锦带"也好，"吴钩"也罢，甚至"貂裘""金辔"，这些都只不过是一种理想生活状态的象征罢了。

当"锦带"装饰上一些珠宝时，又称为"宝带"。孙炎《宝剑歌》"明珠为宝锦为带"说明了这种腰带的做法。叶梦得《鹧鸪天》"犹说黄金宝带重"，黄人杰《临江仙》"更看宝带换红鞓"，周密《高阳台·送陈君衡被召》"宝带金章，尊前茸帽风敬"，陆游《对酒》"九环宝带光照地"，刘溥《送夏公瑾还吴》"腰间宝带悬吴钩"，这些诗句中所提到的"宝带"与"锦带"

承担的功能相差无几，只不过更加华贵而已。

男子系"锦带"，而女子则系"罗带"。无论什么场合，若以阴阳而论，"锦"都偏向阳性，而"罗"则偏向阴性。"锦带"与"吴钩"都成为英气逼人的男子汉的象征，而"罗带"则成为纤弱女子的代名词。欧阳修《蝶恋花》"瘦觉玉肌罗带缓"，韩偓《春闺二首》"长吁解罗带"，徐寅《尚书筵中咏红手帕》"罗带绣裙轻好系"，这些诗句都充满了浓浓的闺阁气息。周邦彦《南乡子》"罗带束纤腰"，晏几道《玉楼春》"瘦损宫腰罗带剩"，则为我们明确指出"罗带"是系在腰间的长宽丝带。舒亶《菩萨蛮》"瘦知罗带长"，柳永《蝶恋花》"衣带渐宽终不悔"，如果一个人变瘦了，则会产生腰带太长或过剩之感。

"罗带"最简单的制作手法就是裁制一块布料，再缝制一下就可以了。然而精益求精往往是先民的生活准则，所以也自然会对"罗带"进行再加工。周邦彦《浪淘沙慢》"罗带光销纹衾叠"，陈允平《念奴娇》"晕额黄轻，涂腮粉艳，罗带织青葱"，描述的都是年轻貌美的女子身系罗带的画面。许浑《寓怀》"盘金明绣带"，王建《老妇叹镜》"灯前自绣芙蓉带"，这两句则是向我们展示"罗带"的精加工方法：用贵重的金线在"罗带"上绣花，花色有盛开或者将开的芙蓉，或是其他花卉，其精美外观自然不难想象。

因为"罗带"较长，所以女子们还喜欢将它在腰上固定好以后，再打出各式各样漂亮的结（图43）。最常见的是"鸳鸯结"，如苏轼《定风波》"莫怪鸳鸯绣带长"，卢祖皋《谒金门》"暗解鸳鸯罗带"，朱嗣发《摸鱼儿》"紫丝罗带鸳鸯结"，赵彦端《菩萨蛮》"绣罗裙上双鸳带"，说的就是这种结扣。"同心结"也是常见于诗歌的腰带系法，如张幼谦《卜算子》"罗带同心结到成"，晏几道《蝶恋花》"罗带同心闲结遍"，郑觉斋《念奴娇》"记绾同心双绣带"。还有一种叫"合欢结"，如萧衍《子夜四时歌·秋歌其一》"绣带合欢结，锦衣连理文"，韩希孟《练裙带诗》"初结合欢带，誓比日月鬲"。无论是哪一种结，都暗含吉祥喜庆的兆头，与年轻女子的意愿正相符合。

在古代，艺伎的服饰是不纳入一般的社会考量系统的，所以她们时时会表现出"乱穿衣"的现象：无论是什么奇装异服，无论男装女装，百官命妇们不敢乱穿的，她们都敢于尝试。像一般为男子使用的"锦带"，有时她们也系，如王翰《观蛮童为伎之作》"长裙锦带还留客"，王珪《送陆子履悠撰出守澶渊》"舞女朝垂锦带斜"。不过通常都是用于表演，多数时候歌伎们系的还是漂亮的"罗带"，像黄庭坚《好女儿》"懒系酥胸罗带"。男锦女罗，正常状态下还是各自遵循各自的风格。

图43 明·佚名《千秋绝艳图》局部（故宫博物院藏）

（二）绶

图44 唐·佚名《宾客图》（陕西李贤墓壁画）

"绶"是指用来系玉和印的丝带，也称为"绂"。《说文》段玉裁注："《仓颉篇》曰：'绂，绶也。'"帝王、百官、后妃命妇都是有印章的，通常用金、玉制成，是他们身份的重要凭证，出席正式场合时须随身携带。礼服上也有玉佩等配饰，"绶"就是用来系这些玉器和印章的丝带。"绶"又有大小之分。

《新唐书·车服志》："黑组大双绶……广一尺，长二丈四尺，五百首。""小双绶，长二尺六寸，色如大绶，而首半之。""首"是纺织物的量词，《后汉书·舆服志下》："凡先合单纺为一系，四系为一扶，五扶为一首。"小绶放在腰带后面的囊中，因而我们通常看到的"绶"是专指大绶。使用时，"绶"佩于腰间，以腰带固定，自然垂下（图44）。崔颢《游侠篇》"腰间悬两绶，转昒生光辉"，李绅《忆过润州》"黄绶在腰下，知君非旅行"。直到今天，"绶带"作为一种典章制度仍在沿袭，虽然佩戴位置或具体内容规定不一样，但其价值核心是一样的：有一定的职位或者名望的人才能佩戴。

据《旧唐书》和《新唐书》记载，颜色、尺寸都是区分"绶"等级高低的标志。从"绶"尺寸上看，一品长一丈八尺，二百四十首，广九寸；二品、三品长一丈六尺，一百八十首，广八寸；四品长一丈四尺，一百四十首，广七寸；五品长一丈二尺，一百首，广六寸。长度和宽度都随官阶下降相应递减。

但从视觉效果来看，"绶"的颜色较之长短宽窄更为醒目，因而有着更明显的区别作用，所以诗歌中所提到的"绶"多与颜色有关：

绿绶、紫绶为高官象征。刘沧《送友人罢举赴蓟门从事》："绿绶便当身是贵，春宵休怨志相违。"此句虽未明指品级，但一个"贵"字即指明佩绿绶的人身份不低。王翰《奉和圣制送张尚书巡边》："紫绶尚书印，朱軿丞相车。"岑参《玉门关盖将军歌》：“金铛乱点野酡酥，紫绂金章左右趋。”尚书、将军在唐代均可位及三品，因而可能为实指。但诗歌中更多的是以“紫绶”“金章”泛指高官：王昌龄《青楼曲二首·其二》“金章紫绶千余骑，夫婿朝回初拜侯”，白居易《寓意诗五首·其五》“貂冠水苍玉，紫绶黄金章”，薛逢《送西川杜司空赴镇》“黑眉玄发尚依然，紫绶金章五十年”，从这些诗句一眼就可看出凡佩紫绶金章者都不是泛泛之辈。

四品以下的一般官员用青绶。权德舆《奉和郇州刘大夫麦秋出师遮虏有怀中朝亲故》：“绿油登上将，青绶亚中台。”在唐代官制中称尚书省为“中台”，尚书左丞为下四品上，右丞为正四品下，因而“青绶”正符合“中台”这一级官员佩戴。同样，“青绶”也可泛指一般官员，比如羊士谔《酬彭州萧使君秋中有怀》：“右职移青绶，雄藩拜紫泥。”“右”有升迁之意，“紫泥”为皇帝诏书的封泥，可见这是诗人对朋友的良好祝愿：换旧绶，拜新印，祝你前途无量！因“青丝”“垂青”之“青”可指代“黑”，所以“青绶”也写作“黑绶”或者“墨绶”。岑参《送宇文舍人出宰元城》“县花迎墨绶，关柳指铜章”，徐铉《送刘司直出宰》“低飞从墨绶，逸志在青云”，“出宰”即由京官出任地方官的意思，“低飞”含不得志之意。在唐代，郡县长官上达正五品，下至从七品，“黑绶”或者“墨绶”通常都是用于地方官，可见用“墨绶”这一级别的官员就非常普通了。

除了新旧唐书规定的这几种颜色以外，还有象征尊贵的朱绶

（绶）、赤绶（绂），象征较低级别官员的黄绶。白居易《戊申岁暮咏怀三首·二》"紫泥丹笔皆应手，赤绂金章尽到身"，司空图《新节》"朱绂纵教金印换，青云未胜白头闲"，权德舆《送崔谕德致政东归》"旷然解赤绶，去逐冥冥鸿"。"紫泥"与"金章"同为尊贵的标志，虽然诗人们并未暗示出对方所属官阶，但我们大概可以推测出来一定不会是普通的官员。而从刘长卿《题冤句宋少府厅留别》"尚甘黄绶屈，未适青云意"，刘长卿《送从弟贬袁州》"句羞黄绶系，身是白眉郎"，李白《酬谈少府》"壮士屈黄绶，湾亦寄沧州"，岑参《送张卿郎君赴硖石尉》"草羡青袍色，花随黄绶新"，李绅《忆过润州》"黄绶在腰下，知君非旅行"这些诗句中就可看出佩戴黄绶的一定是官员，但"屈""贬"明显表达出官位不高之意，所以黄绶应为低级官员佩戴。

值得注意的是，"绶"的颜色并不一定是按官位来分的，绶带的颜色更多的只是虚指。但有一个基本的规律，即称较低等级的官员时一般都会以较高品级的颜色来指代，比如可能对方根本没有到三品官阶，但是也以"紫绶"来加以形容，如皇甫冉《送袁郎中破贼北归》"优诏亲贤时独稀，中途紫绶换征衣"，"郎中"在唐代无论如何都不可能到三品，所以"紫绶"只是一种象征而已。这有点像今天称呼"某局长"，其实准确地讲他也许只是"某副局长"，但大家习惯就高不就低的原则。另外，印章也是一个标志，凡与"金章"一同出现即可视为高官，与"铜章"一同出现则为地方小官吏。

（三）帨

"帨"是一种大长方巾。方回《次韵会真堂呈景高士》"帨巾解六缩"，"六缩"可看出它有一定的长度。喻良能《次韵梅花绝句》"玉裙练帨清无尘"，陈宓《春半桃李盛开》"缟裙练帨映丹霞"，"帨"和"裙"同时出现，可见它主要是垂在人的下半身的。如此来看，"帨"大概类似于《红楼梦》中所说的"汗巾子"，平时系于腰间，既可充腰带之用，也可用于拭汗，用时撩起来，也可以解下来。方回《次韵张耕道喜雨见怀兼呈赵宾旸》"拭汗纰练帨"，可见"帨"是拭汗之用。苏辙《浴罢》"石泉浣巾帨"，陆游《五月五日蜀州放解榜第一人杨鉴具庆下孤生怆然有感》"彻食奉盥授帨巾"，刘克庄《禽言九首代姑恶》"晨执帨巾嗔起晚"，可见"帨"的功能也就在于盥洗之后的擦拭之用。

"练"是"帨"的一般面料。韩愈《李花二首》"缟裙练帨无等差"，喻良能《谢监丞子长雪中四绝》"缟裙练帨颤鸾篦"，苏轼《瓷韵杨公济奉议梅花十首》"缟裙练帨玉川家"，刘鼒《用坡仙梅花十韵》"玉骨冰肌练帨轻"，刘子翚《次韵蔡学士梅诗》"缟裙练帨何鲜洁"，这些"帨"都是用练制成的。"练"是一种半成品的丝织面料，从这里我们即可推断"帨"的制作并不考究，佩戴"帨"的人地位也是不高的，这从胡铨《和和靖八梅》"缟裙练帨照钗荆"中的"钗荆"一词也可看出。贵妇们都不系"帨"，若要擦汗，自然有手帕，因而根本不需要"帨"这种东西。

四、手部

（一）扇子

1．罗扇

从小我们就会背杜牧那首《秋夕》："银烛秋光冷画屏，轻罗小扇扑流萤。天阶夜色凉如水，坐看牵牛织女星。"画面中一个女子正用手中的罗扇去扑赶夜空中的萤火虫，追赶了一阵，或许是累了，她便坐下看天上的星星。有人读出的是这个女子的寂寞，有人读出的是这个女子的天真活泼，而我们关注的则是她手中的那一把扇子。

试想，假如这画面中没有她手中的那一把扇子会怎样？虽然女子徒手去抓萤火虫也可以，但是用扇子扑和用手去抓哪一个更美一些？

这个画面就类似于《红楼梦》中的"宝钗扑蝶"。薛宝钗一手拿着扇子一手捏着手绢走路，忽然看见了一只翩翩飞舞的蝴蝶，毕竟是一个花样年华的少女，于是她玩兴大起，就用手中的扇子去追赶那只蝴蝶。设想一下，假如宝姐姐手中既没有扇子也没有手绢，而是空着一双手，这种状况下的"宝钗扑蝶"可能成为经典画面吗？

这或许是我们的一种古典美学原则：凡为女子，必定不能两手空空，一定要拿点什么才好。画里的古典美人很少是空着两只手的。若在夏天，扇子当然就成了美女们最好的选择：热的时候可以扇扇风,不热的时候拿在手中也是一种装饰。

"罗扇"是广受欢迎的一种扇子。这很好理解:"罗"这一面料既不像锦那般厚重,也不像纱一样透明——若太厚,给人的感觉太热,要薄一点才有夏天的感觉;但若过于稀薄,做成扇子太漏风,又没有扇风的实用功能。"罗"介于二者之间,处于半透明的状态,既漂亮又实用,当然受欢迎(图45)。晏几道《玉楼春》"华罗歌扇金蕉盏",看罗扇是与"金蕉盏"连在一起的,我们就可以推测出罗扇大致的社会地位(图46)。

图 45　罗扇,唐·张萱《捣练图》局部　　图 46　唐代执扇侍女

作为扇子,首先是要具备扇风的功能。王沂孙《锦堂春》"轻罗小扇凉生",宋代气候虽不如今天热,但夏天毕竟还是热

的，这时摇动手中的罗扇，阵阵清风就足以带来清凉的感觉。但罗扇更重要的功能是装饰。宋代释绍昙《偈颂一百零二首》"娇儿手把红罗扇"，本来"手把红罗扇"很正常，但"娇儿"一词就让人浮想联翩了。假设拿这把扇子的是一个壮汉，或者说是一个肥硕的中年妇女会怎样？这画面你大概不会想看。所以，必须是一个婀娜多姿的美人拿着这把罗扇，才相得益彰。如果说"娇儿手把红罗扇"还需要读者的想象的话，那么吕渭老《浣溪沙》"轻罗小扇掩酥胸"就更直接地表达出了罗扇的装饰功能，这种情况下的罗扇就成了纯粹的装饰品。

从吴则礼《虞美人》"眼底轻罗小扇、且团团"可以看出唐宋年间流行的扇子形状是圆形的，所以才有"暂将团扇共徘徊"这样的诗句。折扇是宋以后才流行起来的。

智慧的先民还赋予了扇子另一功能：题诗写字。赵崇鉘《仙思》"碧罗宝扇双题字"，宋代无名氏《南歌子》"薄罗小扇写新诗"，周密《浣溪沙》"夹罗萤扇缕金书"，说的都是在罗扇上题字或写诗的现象——才子和佳人一见钟情，兴起时他为她赋诗一首，就题在她常用的扇子上，或许以为这样她就可以时时见着，不会忘记吧？

值得一提的是，更加复杂的绣花工艺也会运用于罗扇之中：顾复《遏方怨》"缕金罗扇轻"，周密《浣溪沙》"夹罗萤扇缕金书"，说明唐宋年间都有以金线在罗扇上组织图案的现象，比如说扇面上的字，人们可用金线把它们绣出来，足见工艺之讲究

（图47）。

罗扇的色彩以艳丽的红和绿为主。崔珏《道林寺》"碧罗扇底红鳞鱼"，赵崇鉘《仙思》"碧罗宝扇双题字"，晁补之《临江仙》"碧罗双扇拥朝云"，王之道《浣溪沙》"牛蒡叶齐罗翠扇"，吴潜《念奴娇》"万炳参差罗翠扇"，可见绿色系列的罗扇十分常见。曾极《南唐金铜香炉》"曾在红罗扇影中"，释绍昙《偈颂一百零二首》"娇儿手把红罗扇"，说的是红色罗扇。周弼《烟波亭避暑》"月洗黄罗扇"，说明也有黄色罗扇。总之，无论什么颜色，我们都可看出罗扇是一种很女性化的扇子。

图47　绣扇（江苏金坛南宋周瑀墓出土）

2. 纨扇

汉成帝刘骜是个富有传奇性的人物，其传奇不因他本人，而是因为他身边的两个女人：一个是善舞的赵飞燕，一个是才华出众的班婕妤。

班婕妤被大家记住是因为她的《团扇歌》：

> 新制齐纨素，皎洁如霜雪。
>
> 裁为合欢扇，团团似明月。
>
> 出入君怀袖，动摇微风发。
>
> 常恐秋节至，凉飙夺炎热。
>
> 弃捐箧笥中，恩情中道绝。

团扇的命运是夏天不离主人左右，但秋天一来就再也没有使用的必要，只能被收到箱子里。假如一个女人的命运就像这团扇，对这女人是否不公？然而事实上，班婕妤的命运只能如此，毕竟皇帝只有一个，妃子却很多。

从班婕妤的诗里我们可以看出，纨扇与罗扇最大的区别是颜色。罗扇色彩艳丽，而纨扇只是单纯的白色，显得极为素雅（图48）。"新制齐纨素，皎洁如

图48 纨扇，清·改琦《秋风纨扇图》

霜雪"，纨本身的面料特点就是素、白。李峤《诗》"扇中纨素制"，苏辙《学士院端午贴子二十七首·皇太妃阁五首》"纨扇新

裁冰雪余",陆游《村居初夏》"我有素纨如月扇",谢逸《浣溪沙》"霜纨扇里翠眉低",从诗中的"素""雪""霜"均可看出纨扇的色彩特征。

正因其素雅,所以纨扇不像罗扇一样闺阁气息浓郁,男女均可使用。以班婕妤《团扇歌》为例,那把团扇就是成帝所用。韦应物《夏冰歌》"玉壶纨扇亦玲珑",苏轼《和子由送将官梁左藏仲通》"半脱纱巾落纨扇",苏辙《上巳日久病不出示儿侄二首》"纨扇藤鞋试轻驶",傅察《次韵泮宫直宿早秋四首》"懒摇纨扇引凉风",陆游《村居初夏》"我有素纨如月扇",从这些诗中我们均可看出是男子在使用纨扇。所以从这个意义上讲,纨扇比罗扇要市民化一些,较之罗扇它比较朴素,因而文人雅士更偏爱纨扇。

如果赋予纨扇以个性,它的气质应该是两面的:

一方面,当它跟读书人出现的时候,它就可以极为端庄素雅。比如说苏轼的"日长惟有睡相宜,半脱纱巾落纨扇"。夏日的午后,有点困倦的苏轼不知不觉睡着了,扇子从他手中跌落,他却一点都没醒。这是否一下子让你看到了一个散淡的雅士形象?又比如刘过《贺新郎》"但寄兴、焦琴纨扇",诗人将"纨扇"放至与"琴"一个级别,认为都可以陶冶自己的情操。"琴"这种高雅乐器自古就备受推崇,可见纨扇不仅在他们的生活中是一种实用的工具,在文人的心目中也是心境平和的象征。

另一方面,如果它与女子同时出现,则显现出一种轻佻的脂粉气息。柳永《少年游》"娇多爱把齐纨扇",程垓《菩萨蛮》"扇纨低粉面"，李昂英《浣溪沙》"笋玉纤纤拍扇纨"，谢逸《浣溪沙》"霜纨扇里翠眉低"，晁补之《斗百花》"微笑遮纨扇"，描述的都是纨扇后面的貌美佳人：或十指纤纤，或画眉如黛，或粉面低垂，总之都是惹人喜爱的美人。周邦彦《浣溪沙》"更将纨扇掩酥胸"，这与吕渭老《浣溪沙》"轻罗小扇掩酥胸"如出一辙。可见纨扇是庄是媚不于纨扇本身，而在于拿在谁的手中。

至于纨扇的形制，都是团扇造型。宗楚客《奉和圣制喜雪应制》"影随明月团纨扇"，黄裳《渔家傲》"纨扇团圆休与比"，杨万里《题山庄草虫扇》"纨扇团圆璧月流"，艾性夫《宣和御笔二扇面》"纨扇轻盈宝月轮"，都表明唐宋年间的纨扇形状是如圆月一般的。

最后，纨扇也如罗扇一样，可以在上面题诗作画。晏几道《鹧鸪天》"酒阑纨扇有新诗"，描写了晏几道的诗酒生活。李清照《多丽》"似泪洒纨扇题诗"，才女也可以将自己的情思寄托在纨扇之上。晁说之《以扇求冯元礼觏画山水》"移尽此情纨扇上"，诗人差人送了一把崭新的纨扇到朋友家，朋友一看就知道对方的用意了：是希望自己能为他画一个山水扇面。这种做法和"苏东坡遣僮索物"如出一辙——可见读书人就是读书人，想法和做法都差不多。

3. 绡扇

扇子还有用生绡裁制的。绡扇的色彩较为艳丽，这与罗扇很相似（图49）。宋代释云岫《送陈学录求仕》"金花便是红绡

扇"，张耒《题扇二首》"扇剪青绡秋水光"，一红一青都是比较
亮丽的颜色。王珪《端午内中帖子词代皇后阁》"谁把轻绡裁画
扇"，胡铨《刘景仁画墨梅扇上又画梅影于扇阴求诗各题一》"归
来扫向冰绡扇"，欧阳修《渔家傲》"生绡画扇盘双凤"，从这些
诗可以看出，这些扇子做工都极为精致，扇面上也是艺术家们呈
现才华的地方。

张耒《和应之盛夏》："吴绡朝扇薄，越布夜衾单。""朝扇"
是指皇帝上朝时背后的仪仗用扇，由此我们可以看出，绡扇有着特
殊的地位（图50）。但绡扇并不只供皇家专用。赵彦端《菩萨蛮》
"倚阑闲拈生绡扇"，陆游《新辟小园》"生绡裁扇又团团"，都说
明普通人同样也可使用绡扇，扇子并没有"别尊卑"的功能。

图49 绡扇，清·焦秉贞《历
代贤后图》局部

图50 唐·阎立本
《步辇图》局部

4．绫扇

绫也用于制作团扇。李商隐《燕台四首代夏》："绫扇唤风阊阖天。"陈陶《海昌望月》："莫厌绫扇夕。"杨无咎《齐天乐》："唤风绫扇小窗午。"这些关于绫扇的记载虽然不多，且并未有很详细的描写，但是从这几句诗歌中我们仍可以看出在唐宋年间都

图51　绫扇，五代·顾闳中《韩熙载夜宴图》局部

有使用绫扇，并且可看出绫扇的作用实实在在是扇风，使用者均为男性（图51）。又因"绫"是一种较为尊贵的面料，所以可以推测绫扇的风格应当是较为朴素淡雅的。

5．绢扇

绢主要用于书画，但是也有将绢用于制作扇子的记载。宋代释道宁《偈六十三首》"绢扇足风凉"，李彭《渔父》"绢扇清凉随手簸"，可见绢扇的确是存在的。由姜特立《西湖素公爱余泊黍小诗画为扇子》"可怜半幅鹅溪绢"，我们可以看出绢扇的制作工艺同样很考究，不仅原料采用了珍贵的鹅溪绢，并且有扇面绘画。

6．缟扇

将缟作为面料制作扇子仅见于宋代曾几《寄十扇与陈述之》"鲁缟如雪题新诗"。"缟"是一种不算太精致的丝织品面料，其颜

色即为蚕丝本色之白。穿缟衣缟裙者身份向来卑微，多是些村夫农妇，所以想来缟扇在文人雅士或者青楼歌妓间也不会太流行。

（二）手帕

手帕为女子平添万种风情。在夏天，无论是大家闺秀还是青楼佳人，一把团扇和一块手帕基本上可视为标准配备。曹勋《宴清都》"同耀帕罗珠袖"，描述的正是一个美人的手帕与她的衣袖相得益彰的画面。在其他季节，可以没有团扇，但不能没有手帕，正如孟郊《征妇怨》所说，"罗巾长在手"，无论哪个季节美人的手里都应该有一块手绢，因为手帕的首要功能是拭泪，而流泪是不分季节的。白居易《宫词》"泪尽罗巾梦不成"，陆游《长门怨》"独掩罗巾泪如洗"，辛弃疾《临江仙》"罗巾浥泪别残妆"，朱敦儒《清平乐》"罗巾挹损残妆"，刘过《临江仙》"有泪在罗巾"，吕渭老《惜分钗》"等闲泣损香罗帕"，晁补之《斗百草》"泪封罗帕"，每句都描写了落泪的情景，真难想象这些女子哪来的这么多眼泪。而"独掩罗巾泪如洗"则说明手帕的大小至少是能够遮住一张面庞的。

既然美人这么爱哭，手帕就不可避免地经常与"香""粉"同时出现。如许浑《重别》："泪沿红粉湿罗巾，重系兰舟劝酒频。"这是一个送别的画面，女子流出的眼泪把手帕都打湿了，"泪沿红粉"则可看出她脸上是施有浓妆的。假如她的妆哭花了，那块手帕就必定浸染了浓郁的脂粉气息。贺铸《玉楼春》"罗巾粉汗和香浥"，赵鼎《怨春风》"罗巾空泪粉"，由"粉汗""泪粉"可知古代女子普遍都扑香粉。

当然,手帕也不只是用来拭泪或拭汗的。周邦彦《南乡子》"暗举罗巾远见招",美人是不能空着一双手的,在送别或者迎接情人的时候,远远地就手执一方罗巾向他挥手,罗巾让挥手变得更加醒目也更加情意绵绵。手帕更是传情达意的工具,杜安世《卜算子》"欲把罗巾暗传寄",《红楼梦》中贾宝玉曾向林黛玉送过一块半新不旧的手帕,表达的意思跟这差不多。

林黛玉收到贾宝玉的手帕后,想起以往他俩相处的种种细节,于是心有所感,立即提笔在手帕上写下了一首诗,由此可见,手帕又跟扇子一样,都是可以往上面题诗的。施岳《兰陵王》"纵罗帕亲题",刘天迪《齐天乐》"记罗帕求诗",杨泽民《解语花》"鸳灯诗帕,嬉游看、到处骤轮驰马"。这些诗句都描述了在手帕上题诗的画面。

从上述诗句我们又可以看出,手帕的主要面料是罗,常称为"罗巾"或"罗帕"。也还有其他面料裁制的手帕,最常见的是"绡帕",如高观国《杏花天》"粉绡帕入班姬手",吴文英《探芳信》"绡帕泪犹凝",李天骥《摸鱼儿》"帕绡新泪猗犹凝",陈德武《念奴娇》"忆鲛人、曾许泪珠绡帕",黄载《昼锦堂》"宝台艳蹙文绡帕"。

在色彩上,常见红色、青色等,如苏辙《次韵子瞻相送使胡》"青罗便面紫狐巾",辛弃疾《定风波》"猩猩血染赭罗巾",吴颐《次邦宪宣德红梅诗韵》"匀红轻泹绛罗巾"。也有各种印花或绣花纹样，如高观国《思佳客》"同心罗帕轻藏素"，"同心"象征爱情，多为女子所珍爱；周邦彦《望江南》"绣巾柔腻掩香罗"，这句说明古人所用的手帕还有绣花。

需要注意的是，在唐诗宋词中有的"罗帕"并不是指手帕，而是指用来遮盖东西的帕子，只不过是用罗制成。如王珪《宫词》"赭黄罗帕覆金箱"中的"罗帕"明显就不是手帕，而是用来覆盖箱子等器物的布料。与这种帕子作用相同的还有"锦帕"，如项安世《寿母生朝四首》"三尺宝台蒙锦帕"。通常用来遮盖器物的帕子是黄色的，如张公庠《宫词》"彩床百步黄罗帕"，苏泂《金陵杂兴二百首》"帕黄寂寞护龙墀"，刘克庄《记小圃花果二十首》"黄帕不来封"。但盖东西的帕子和拭泪用的手帕很好分辨，我们可以根据帕的相关词语来断定，凡与"粉""泪""汗"等同时出现的必定是手帕。

五、足部

（一）袜子

1. 罗袜

曹植《洛神赋》"凌波微步，罗袜生尘"为我们提供了一个美人的范式：她脚着罗袜，步履轻盈，不用描述她的外貌你也能想象得出这位洛神的美貌。

从洛神的装扮可以看出魏晋时期妇女的装束，也就是说，当时的女子已普遍穿着罗袜。罗袜当然是指用罗裁制而成的袜子。

唐代韩偓《闺意》"暖嫌罗袜窄"，天气变暖就觉得袜子穿在脚上不合适了，可见当时的罗袜与今天的袜子一样，都是直接穿在脚上用来保暖的。

因为《洛神赋》非常经典，于是罗袜在后世的诗歌里也就成了一个固定的典故。夏侯审《咏被中绣鞋》"只向波间见袜罗"，骆宾王《咏尘》"凌波起罗袜"，苏轼《菩萨蛮》"长愁罗袜凌波去"，李曾伯《水调歌头》"罗袜净无尘"，柳永《临江仙引》"罗袜凌波成旧恨"，这些诗歌均一眼能够看出是化用《洛神赋》的故事或者句子。

唐宋年间的女子也普遍穿着罗袜。李白《玉阶怨》"玉阶生白露，夜久侵罗袜"，描写的是宫廷女子的生活。上官仪《和太尉戏赠高阳公主》"玉步透迤动罗袜"，从题目上我们就可以看出穿着罗袜的人身份高贵。韩偓《六言三首》"罗袜

图52　罗袜（南京高淳花山宋墓出土）

绣被逢迎"，诗人将"罗袜"与"绣被"对举，能穿罗袜的人通常盖的也是绣花被子，养尊处优自不待言。白居易《红线毯》："美人踏上歌舞来，罗袜绣鞋随步没。"由"美人""罗袜""绣鞋"这些词语我们就可以得知，罗袜自古以来就是上流社会女子的必备物品（图52）。

在晚唐五代，据说李煜的后宫中有一位"步步生莲花"的潘妃，她把自己的脚裹得小小的，再在金箔做成的莲花上行走，显得特别美，周紫芝《水调歌头》"罗袜步承莲"讲的就是这一典故。有人认为正是潘妃开启了裹小脚的风气，但裹小脚真正成为时尚却是在宋朝（图53）。裹脚是如何进行的呢？一般须从女孩子四五岁开始，缠时先将拇指以外的四趾屈于脚下，用白布条裹紧，从而使脚骨变形，足弓缩小，白天由家人搀扶着慢慢走路，活动血液，晚上继续用白布条裹紧脚，日复一日加紧束缚，等脚型固定以后，差不多就好了。完美的小脚是"小瘦尖弯香软正"，这些"三寸金莲"们若要走路只能依靠大拇指行走，可想而知她们走起路来会是多么飘飘摇摇（图54）。

图53 小脚罗袜（江西德安南宋墓出土）

图54 裹小脚的清代女子

所以，相对唐代的诗歌而言，宋诗就明显体现出强调女子脚型的时代特征：晏几道《浣溪沙》"一钩罗袜素蟾弯"，郑文妻《忆秦娥》"一钩罗袜行花阴"，史浩《如梦令》"罗袜半钩新月"，向子諲《好事近》"争看袜罗弓窄"，"钩""弓"正是对小脚形状的直观描述。

罗袜一直是历代女人普遍穿着的。陈克《浣溪沙》"罗袜钿钗红粉醉"，王珪《宫词》"销金罗袜镂金环"，秦观《河传·赠妓》"鬓云松、罗袜刬"——"罗袜""红粉""醉""金环""鬓云"，几个意象叠在一起，一个个红粉佳人的形象就出来了。

宋代还有一种仿僧侣百衲衣而制成的罗袜，由多块布料拼接而成。黄庭坚《谢晓纯送衲袜》"赠行百衲兜罗袜"描述的即是这种袜子。

2. 锦袜

杨玉环死的时候穿什么袜子？唐诗并无直接描述，但有意思的是，宋人却有许多描写杨玉环在马嵬坡死的时候穿"锦袜"的诗句。葛立方《天宝三绝》说"斓斑锦袜委嵬山"，罗公升《灵岩寺二首》"马嵬锦袜战尘中"，赵以夫《谒金门》"疑是嵬坡留锦袜"。"马嵬"是杨玉环的专利，在诗歌中凡有"马嵬"出现必定是在凭吊杨玉环。宋人认为杨玉环死的时候应该穿的是锦袜，由此我们大概可以推测出锦袜在宋代是很流行的：当时身份尊贵的人多穿锦袜，所以他们就推己及人，认为唐代像杨玉环这样身份贵重的人穿的应当就是锦袜。

那么宋代人是不是好穿锦袜呢？李纲《减字木兰花》："锦袜

图 55　唐代锦袜

罗囊，犹瘗当年驿路旁。"刘克庄《杂兴十首》："锦袜著珠鞋。"许及之《百七丈和篇有尽道温柔别有乡谁知绛阙水茫茫》："踏损落红无锦袜。"由这些诗句可知，宋人的确是穿锦袜的（图 55），且与锦袜搭配的是"珠鞋"，均为华贵之物。

宋代诗人艾性夫《临邛道士招魂歌》"锦袜生尘脱红玉"，从题目上看讲的也是杨玉环的事情。"锦袜生尘"这个短语与"罗袜生尘"仅一字之差，使人不由自主地就将二者联系起来。二者虽相去甚远，但不管哪一种袜，都是美丽的象征。

3. 绫袜

还有用绫制作的袜子。薛昭蕴《醉公子》"光研吴绫袜"，"研"是一种加工丝帛的工艺，指用卵形或者弧形的石头碾压布料使之紧实而有光亮。王观《庆清朝慢》"不道吴绫绣袜，香泥斜沁几行斑"，黄庭坚《借景亭》"竹铺不浣吴绫袜"，由这几句诗我们就可以看出，绫袜虽不如罗袜常见，但的确存在着。同时，绫袜的制作也有刺绣工艺，可见做工也讲究。

（二）鞋子

1. 罗鞋

唐代张祜《杂曲歌辞·少年乐》："锦袋归调箭，罗鞋起拨球。"这描绘了一个快乐的场面：一群少年穿着罗鞋在那里打球。唐代无论男女似乎都喜欢打球这项体育运动，这从很多绘画作品中可以得到印证。从这一点我们就可以看出大唐是一个健康向上的朝代。

但是，到了宋朝，同样是罗鞋，气质明显就变了：秦观《浣溪沙》"脚上鞋儿四寸罗"，赵令畤《浣溪沙》"稳小弓鞋三寸罗"，王予可《宫体二首》"绣莲尘蹴衬罗鞋"。罗鞋变得"小气"，不管是"三寸"还是"四寸"，都使人不由自主就联想到一双小脚（图56）。

图56 缠足女子，宋·佚名《杂剧人物图》局部

张耒《宫词效王建五首》"玉阶地冷罗鞋薄",柳永《燕归梁》"轻蹑罗鞋掩绛绡"。一个"薄"字就暗示出罗鞋的保暖性能有限,"轻"与"薄"含义相当,因此我们可以推测罗鞋应当是属于春夏秋三季的鞋子(图57)。

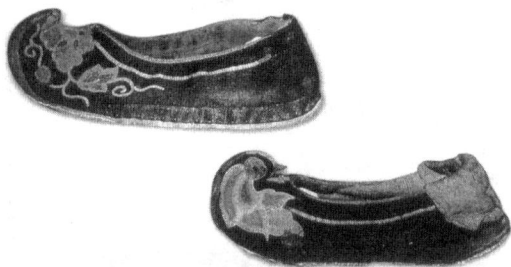

图57 刺绣鸳鸯翘头罗鞋(甘肃省亥母洞出土)

另外,毛熙震《浣溪沙》有"缓移弓底绣罗鞋"之句,这可以为我们引申出一种女式罗鞋的样式,称为"弓鞋":弓形衬底,鞋面上有绣花,可视为古代的高跟鞋。"缓移"二字也暗示出小脚走路的特征(图58)。

图 58　清代小鞋（中国丝绸博物馆藏）

2．锦鞋

锦的保暖性能是优于罗的，所以从理论上讲，锦更适用于鞋子的制作。锦又是最贵重的一种面料，所以，与"锦衣""锦裘""锦帽"之类一样，锦鞋带有天生的富贵气息。唐代段成式《嘲飞卿七首》"应愿将身作锦鞋"，鞋子是用来被人踩的，不算是什么好差事，但须知是"作锦鞋"而非"作草鞋"——人跟人不一样，鞋跟鞋也不一样。从这里我们就可以再次看出唐人的价值观：坦率地追求自我价值的实现，无须故作清高。（图59）

从锦袜到锦鞋，我们都可看出宋代似乎更偏爱"锦"这一面料。上有所好，下必甚焉，或许正因皇家的喜好，才形成了"宋锦"这一闻名中外的名贵面料。

图59　唐代变体宝相花纹锦鞋（新疆吐鲁番阿斯塔那墓出土）

3. 靴子

当鞋子已经不能满足保暖的需要时，靴子就应运而生了。靴子一般是用皮革制成的，但中国这个丝绸古国将丝绸运用到了极致，所以，它们也被做成了靴子（图60）。

同款式的皮质靴子和锦质靴子相比，还是皮的更保暖；但如果论美观的话，自然是用罗或锦做成的靴子更漂亮一些。所以，一般而言，穿锦靴的多半都是以美为目的的歌舞人士（图61）。李白《对酒》："青黛画眉红锦靴，道字不正娇唱歌。"章孝标《柘枝》："移步锦靴空绰约，迎风绣帽冻飘飘。"张祜《感王将军柘枝妓殁》："画鼓不闻招节拍，锦靴空想挫腰肢。"刘言史《王中丞宅夜观舞胡腾》"弄脚缤纷锦靴软"，毛滂《和孙守三月二十七日开宴》"酥面锦靴轻转雪"，李朝卿《玉楼春》"飞琼献舞锦靴寒"，这些诗歌记载的锦靴都是歌姬们在歌舞表演时穿着的。

与绣鞋一样，靴子也可绣花。对此，唐代沈传师《次潭州酬唐侍御姚员外游道林岳麓寺题示》有所记载："危弦细管逐歌飘，画鼓绣靴随节翻。"当时也是歌舞场合，悠扬的音乐随风飘扬，美艳的歌姬随音乐的节拍翩翩起舞，而她们脚上穿的正是一双双有着漂亮绣花的靴子。

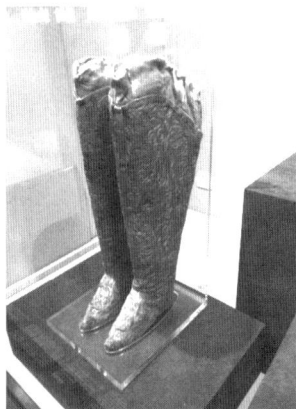

图60　辽代刺绣摩羯纹罗靴（中国丝绸博物馆藏）

图61　辽代舞乐图

第四章　家居艺术

一、家装

（一）纱窗

一千年前，一个繁华的都市被描绘为"市列珠玑，户盈罗绮，竞豪奢"。让我们把目光锁定在某一个庄园，越过白墙黛瓦，穿过春光明媚的花园，看看是否真如诗人所说的"户盈罗绮"。

窗户首先就是一道亮丽的风景：一排木质窗棂上散落着疏密有致的格子和花纹，远远看去，这些花纹上像笼罩着一层轻烟，走近一看，原来窗户上全部都裱糊着薄薄的轻纱。崔颢《代闺人答轻薄少年》"粉壁纱窗杨柳垂"，李白《宫中行乐词其五》"纱窗曙色新"，冯延巳《菩萨蛮》"纱窗月影随花过"，赵长卿《浣溪沙》"柳梢斜月上纱窗"，纱窗似乎给房间平添了几分隔而不断的朦胧气息。

窗户是房屋的灵魂。当时没有玻璃瓦之类的材料可以增加房屋的采光度，如果没有窗户，房子里就会一片昏暗，并且封闭式的结构会使房间变得很闷，所以房屋的通风及采光问题就必须依靠窗户来解决。假如窗户做成门一样的全封闭形式，关起来固然有很好的遮风挡雨的性能，但采光与通风就又成问题了。尤其是在夏天，封闭式的门窗会给生活带来许多不便：若全部打开，固然敞亮又通风，但势必引来许多蚊虫；如果关上窗户，屋内又会变得非常闷热。所以，聪明的古人就想出了两全其美的方法：将窗户做成镂空的形式，然后在上面糊上轻柔的薄纱，这样既遮挡了蚊虫又不妨碍透风，还不影响屋子的采光。

听起来不可思议，但古人的确就是用蚕丝织成的纱来裱糊窗户的。

张仲素《杂曲歌辞代宫中乐》"纱窗薄似烟"，蔡希周《奉和崔从温泉宫承恩赐浴》"纱窗宛转闭和风"，正是因为"薄"，吹来的风被纱窗滤掉了一些，但又不是全部挡住了，所以只是"宛转"地"闭和风"。葛立方《行香子》"风透纱窗"，黄庚《春寒》"春寒料峭透纱窗"，邓肃《菩萨蛮》"纱窗不隔斜风冷"，梅窗《菩萨蛮》"极寒春透纱窗碧"，说的都是纱窗的特征：通风性能好。

正因为通风性能好，所以纱窗主要就用于冬天以外的三个季节。刘方平《春怨》"纱窗日落渐黄昏"，白居易《伤春词》"碧纱窗外啭黄鹂"，苏轼《蝶恋花》"纱窗几度春光暮"，黄庚《闺情效香奁体》"偷隔纱窗看海棠"，这是春日的风光；晏殊《过华夫书屋》"纱窗秋静漏蟾蜍"，刘彤《寄外》"碧纱窗外一声蝉"，晁补之《浣溪沙》"碧纱窗外有芭蕉"，苏轼《阮郎归·初夏》"碧纱窗下水沈烟"，这是夏天的色彩；卢纶《宴席赋得姚美人拍筝歌》"绣幕纱窗俨秋月",罗与之《木犀花》"纱窗梦觉秋风度",此为秋天的气息。

李涛《春昼回文》"纱窗闭着犹慵起",陆畅《新晴爱月》"起来自擘纱窗破",刘过《念奴娇》"闲揭纱窗人未寝",我们可以从这几句诗中读出纱窗的使用说明:睡觉时通常是关上的,睡醒了可以把纱窗打开,这样房屋会更透亮。

纱窗的颜色主要是绿色。唐代武元衡《题故蔡国公主九华观上池院》"纱窗积翠虚",王维《从岐王夜宴卫家山池应教》"积翠纱窗暗",李冶《蔷薇花》"碧纱窗外一枝新",毛文锡《喜迁莺》"碧纱窗晓怕闻声",这些都说明唐代纱窗的流行色彩是"翠"或者"碧"。宋代也差不多:欧阳修《玉楼春》"走向碧纱窗下睡",晏几道《生查子》"归梦碧纱窗",赵长卿《蝶恋花》"芭蕉叶映纱窗翠",蒋捷《贺新郎》"犹认纱窗旧绿",张公庠《宫词》"碧纱窗外度流萤",陈允平《少年游》"碧纱窗外莺声嫩",方千里《齐天乐》"碧纱窗外黄鹂语",白玉蟾《暮抵懒翁斋醉吟》"风神轻撼碧纱窗",这一系列的诗句证明宋代纱窗的颜色也是非常统一的绿色系列。这也很好理解:古时的房屋多被漆成红色,称为"朱门",配上碧绿色的窗纱正符合大自然"红花配绿叶"的美学原则。再者,绿色给人以欣欣向荣之感,这与春夏时令正相符合。当然,花蕊夫人《宫词第四十一首》"院院纱窗海日红",又表明有时人们也会选择红色的纱窗。这在《红楼梦》也可以找到例证:贾宝玉住的怡红院是"茜纱窗","茜"

为红色。但林黛玉住的潇湘馆还是绿纱窗，后来贾母嫌纱窗颜色不够翠，且绿竹配绿纱不好看，就把它换成其他颜色的"软烟罗"。

对于一个房间而言，窗户下面是光线最好的位置了，所以对光线要求高一点的活动通常都在窗下进行。比如"当窗理云鬓，对镜贴花黄"，花木兰的镜子放在窗下；而唐代刘商《琴曲歌辞代胡笳十八拍》"纱窗对镜未经事"，也是将镜子置于窗户下面。想来镜子的确需要放置在亮一点的地方，否则铜镜就不容易看得清面目，影响梳妆。

对女子而言，纱窗下面最宜进行的活动是绣花。白居易《邻女》"碧纱窗下绣床前"，朱绛《春女怨》"独坐纱窗刺绣迟"，贺铸《窗下绣》"初见碧纱窗下绣"，张耒《和闻莺》"绣倦纱窗昼梦时"，通过这些诗句我们不难想象出一幅幅相似的画面：一个女孩子、一张绣绷、一幅未完成的绣品、一些五颜六色的丝线，这是闺阁的闲暇时光。

若是男子，可以像陆游一样，"纱窗弄笔消永日"，闲了写写字，写烦了就丢开。也可以像罗公升一样，"碧纱窗下读毛诗"，随手抓一本书读读也是好的。更浪漫的是汪元量《玉楼春》"碧纱窗下修花谱"，这个"花"无论是开在院子里的花还是指青楼里的"花"，总归能看出修花谱的人实在是有许多闲情逸致的。

简言之，纱窗代表的是一种舒适的生活：温庭筠《菩萨蛮》

"宿妆隐笑纱窗隔",可以想见,这笑声必定是出自一个不知世间疾苦的佳人;洪咨夔《南乡子》"睡起纱窗背欠伸",欧阳修《蝶恋花》"罗帏不觉纱窗晓",良好的睡眠质量反映出来的是良好的生活质量;卢纶《宴席赋得姚美人拍筝歌》"绣幕纱窗俨秋月",在宁静的秋夜里,美人弹着古筝唱着歌,歌声与酒香都透过这层朦朦胧胧的纱窗飘散出去,远远听去似有若无,窗外的秋月正是这一切的见证者。如果没有这一层薄薄的纱窗,屋内的生活品质必定会大打折扣。

(二)纱厨

试想,在夏日的午后,一个美人在房间睡午觉,如果仅靠一层纱窗是否很难保障屋里人的隐私?一点遮蔽的东西都没有是否不太雅观?所以,就有了"纱厨"这种东西。

"纱厨"是一种安装于室内的隔扇,通常用在进深方向的柱子中间,起到分隔空间的作用。它主要由槛框、隔扇、横陂组成,每樘纱厨由六至十二扇隔扇组成,除两扇能开启外,其余均为固定扇。也就是说,其实它就是一种隔扇门。在开启的两扇隔扇外侧通常又安装有帘架,上安帘子钩,可挂门帘。陈亚《生查子》"半下纱厨睡",放下一半的即是纱厨上的帘子。"纱厨"又因通常都使用碧绿色的轻纱裱糊而成,所以后来又被称为"碧纱厨",如晏殊《蝶恋花》"碧篸纱厨",苏轼《南乡子》"凉篸碧纱厨",史浩《卜算子》"角篸碧纱厨",李石《乌夜啼》"枕篸碧纱厨"。《红楼梦》二十六回里有关于"碧纱厨"的描写:"又进一道碧纱厨，只见小小一张填漆床上，悬着大红销金撒花帐子。"所以，"碧纱厨"和"纱厨"是同一种器物，只不过叫法更具体而已。

"纱厨"多用于卧室。顾甄远《惆怅诗九首》"纱厨筼簜波光净"，谢逸《虞美人》"角簟纱厨冷"，康与之《采桑子》"今夜纱厨枕簟凉"，张耒《夏日七首》"蕲簟纱厨与夏宜"，杨泽民《隔浦莲近拍》"纱厨簟枕"，杨冠卿《菩萨蛮》"纱厨枕簟凉"。由这些诗句可以看出，"纱厨"通常与"簟""枕"同时使用。"簟"是指用竹子编制的凉席，属消暑卧具。从陆游《芒种后经旬无日不雨偶得长句》"纱厨睡起角巾欹"，文天祥《山中六言三首》"日高犹卧纱厨"中的"睡""卧"可更直观地看出卧室的特征。

"纱厨"可视为"纱窗"的配套家具，因为二者的使用季节一致。毋庸置疑，夏季是最能发挥"纱"的长处的季节。辛弃疾《御街行》"纱厨如雾"，王之道《南歌子》"纱厨薄雾凉"，表明"纱厨"的特点也是轻薄、透气性能好，最适宜于夏天使用，所以张耒《夏日七首》才说"蕲簟纱厨与夏宜"。又，黄庚《凉夜即事》"香透纱厨茉莉风"，陈棣《倦暑》"纱厨不贮香"，也是同样的道理：正因纱之薄，所以屋外的茉莉花香才能透过纱窗又透过"纱厨"让躺在床上的人闻到。司空图《王官二首》"一双白鸟隔纱厨"，刘克庄《昔陈北山赵南塘二老各有观物十咏笔力高妙暮》"纱厨巧似窥"，透过"纱厨"，对面东西历历可见，足见其之薄。这么薄的"纱厨"当然就比较透风，所以一到秋天，空气略带凉意，就有陆游《早秋》"纱厨笛簟怯新凉"的感觉。而再晚一点，就如李清照《醉花阴》"佳节又重阳，玉枕纱厨，半夜凉初透"，已经是凉"透"了，说明重阳过后再用"玉枕纱厨"就感觉很不相宜了。

（三）幕

需要凉爽透风的时候，用"纱窗"配"纱厨"很合适，那要是冷一点，需要一定的保暖性能时又该用什么呢？这时候"罗幕"或者"锦幕"就可以发挥光彩了。

1. 罗幕

顾名思义，"罗幕"就是用罗裁制而成的幕。"幕"的作用类似于今天的窗帘，但今天窗帘在窗内而古代幕则是在窗外：宋代张震《蓦山溪》"罗幕护窗纱"，"护"，保护，有"紧靠"之意，从这句诗我们就可以看出"幕"的位置应当在纱窗外面，只有这样才可以"保护"纱窗。在诗歌里，"帘""幕"通常是并举的：杜牧《题宣州开元寺水阁》"深秋帘幕千家雨，落日楼台一笛风"，刘过《满江红·高帅席上》"楼阁万家帘幕卷，江郊十里旌旗驻"，柳永《望海潮》"风帘翠幕，参差十万人家"，王庭《念奴娇·上元》"天汉桥边瞻凤辇，帘幕千家垂地"。"帘"侧重于门，也就是门帘，位置在门外面，与之相应，"幕"也就应该处于相似的位置，即在窗户外面。岑参《白雪歌送武判官归京》"散入珠帘湿罗幕"，陆龟蒙《齐梁怨别》"檐外霜华染罗幕"，温庭筠《更漏子·柳丝长》"香雾薄，透帘幕，惆怅谢家池阁"，晏殊《拂霓裳》"宿露沾罗幕"，也可看出"罗幕"的位置：外面的北风夹着雪片吹来，"罗幕"很容易就湿掉了，晚上屋外的霜露、雾气也很容易沾到罗幕上，可见"罗幕"一定是在室外而不可能靠近卧榻一带。朱敦儒《浣溪沙》"乍垂罗幕乍飞鸾"，其中描述的画面也可看出"罗幕"的位置：人突然之间把"罗幕"放下来，这时幕旁玩耍的鸟儿就会突然受到惊吓而飞走，如果是室内则不可能有此现象。冯延巳《更漏子》"搴罗幕，凭朱阁"，"搴"通"褰"，掀起之意，诗句意为掀起"罗幕"，凭靠在朱阁上，同样可看出"罗幕"的位置不会靠近内室。也许照今天的观点看来会觉得这太没必要，但只要想想古代的房屋是木质结构而非今天的钢筋水泥结构，我们就可以理解这一看似不必要的举措了。今天的窗户自然是不怕雨淋，然而一千年前的木质窗户不宜淋雨，所以要想法保护起来。油漆、帘幕都是房屋的保护设施。这是合理的：从造价上看，换帘幕总好于换门窗。

"纱厨不贮香"与"罗幕遮香，柳外秋千出画墙"两句诗一比较就可看出"罗幕"是有一定厚度的，"纱厨不贮香"而"罗幕"则可"遮香"，可见其透风性不如"纱厨"。换言之，"罗幕"的保暖性能要好得多。杜牧《春思》"罗幕蔽晴烟"，外面的晴空被"罗幕"遮住了，可见它不透明，也就是说比较厚。王建《田侍中宴席》"香熏罗幕暖成烟"，赵子发《惜分飞》"渐低罗幕香成雾"，如果在室内熏香，换作是"纱厨"，一定不可能有

"暖成烟"或者"香成雾"的状况，这同样说明"罗幕"的遮挡性能是比较好的。

正因"罗幕"有这一特征，所以它通常用在相对较冷的季节，比如秋季到第二年早春回暖的这段时间。李贺《十月》"碎霜斜舞上罗幕"，李白《夜坐吟》"西风罗幕生翠波"，陆龟蒙《齐梁怨别》"檐外霜华染罗幕"，朱敦儒《鹊桥仙》"须添罗幕护风霜"，朱淑真《点绛唇》"暮寒无奈侵罗幕"，曹勋《团扇歌》"秋风动罗幕"，从这些诗句都看得出使用的时候是比较冷的秋冬季节。冯延巳《采桑子》"罗幕轻寒夜正春"，晏殊《蝶恋花》"罗幕轻寒，燕子双飞去"，晏几道《鹧鸪天》"罗幕香中燕未还"，苏轼《四时词》"东风和冷惊罗幕"，张孝祥《菩萨蛮》"东风约略吹罗幕"，这些诗句表明"罗幕"使用的时候正是早春时节。早春的时候，虽然冬天已经过去，但还是很冷的。然而毕竟是春天，又有"罗幕"的遮挡，所以，即便是"寒"也往往只是"轻寒"而非"严寒"。

魏承班《生查子》"深夜垂罗幕"，张先《菩萨蛮》"掩灯罗幕垂"，张元干《瑞鹤仙》"正垂罗幕"，由"垂"字可以看出，"罗幕"是自上而下的悬挂式结构。孙光宪《临江仙》"半垂罗幕"，唐代赵氏《古兴》"当轩卷罗幕"，刘禹锡《乐天寄忆旧游，因作报白君以答》"郡斋北轩卷罗幕"，宋代程垓《金人捧露盘》"翠帷罗幕任高张"，何籀《宴清都》"罗帏绣幕高卷"，这些诗句表明"罗幕"既可全部放下，也可收起一部分，打开或收起的方式是通过"卷"来实现的（图62）。全部卷起属于"高张"状态，而全部放下则属于低垂状态。当"罗幕"全部放下后，长度是刚好及地的（图63），这从宋代张氏《诗一首》"罗幕泥金窣地垂"和王庭《念奴娇·上元》"帘幕千家垂地"可以得到印证。

当"罗幕"全部放下，就会挡住进出的路，这时若外面的人要进来或者里面的人要出去，就必须如同宋代诗人百兰《醉蓬莱》

图62 卷起的"罗幕"，清·焦秉贞《仕女图册》局部（故宫博物院藏）

所说，通过"罗幕轻掀"的方式进出。常建《古意三首》"彩女褰罗幕"，"褰"意思是撩起、掀起，可见当时就有专门管掀放"罗幕"一职的侍女。

图63　放下的"罗幕"，宋·佚名《孝经图》局部

"越罗蜀锦金粟尺"，"罗"和"锦"都是极为贵重的面料，用罗来裁制的"罗幕"当然就不是平凡人家用得起的了。李商隐《和孙朴韦蟾孔雀咏》"都护矜罗幕"，都护这样的高官都会以自家的罗幕为骄傲，可见其价不菲。张泌《浣溪沙》"钿筝罗幕玉搔头"，高观国《浣溪沙》"障风罗幕皱泥金"，蔡楠《鹧鸪天》"珠帘罗幕卷银泥"，张元干《醉落魄》"画堂长记深罗幕"，与"罗幕"同时出现的都是些富贵气息浓郁的器物。而李新《广都道中作》"家贫张日无罗幕"，则从反面为我们证明了普通人家不会有"罗幕"这样高档奢华的用品。

　　在颜色上，"罗幕"多以绿色为主，这大概同样是出于与"朱门"相搭配的美学原则。李白《夜坐吟》"西风罗幕生翠波"，风吹动"罗幕"就像吹起一阵翠波。欧阳炯《菩萨蛮》"幽闺斜卷青罗幕"，"青"在古代可指代绿色，如庾信"青袍如草，白马如练"。晏几道《鹧鸪天》"罗幕翠，锦筵红"，张先《更漏子》"罗幕翠"，从中都可看出"罗幕"的流行色是翠绿。

　　对爱美的先民来说，能用刺绣的地方一般他们都会用上，实在是没有理由忽略"罗幕"这种集实用性与装饰性于一身的用品。毛滂《诉衷情》"罗幕绣重重"，王安石《送吴显道五首》"罗帏绣幕围香风"，据此我们大概可以推测宋代大户人家"罗幕"的制作过程：先以翠绿色的罗为原料，比照房间尺寸裁制好，然后在上面绣上各色花样，最后挂上使用。

　　2. 锦幕

　　"锦幕"与"罗幕"形制是一样的，都是"幕"，只不过面料不一样而已。其实许多时候"锦"与"罗"在用途、消费群体等方面大致都是相同的，它们的区别仅仅在于锦比罗更厚实一些，所以"锦幕"与"罗幕"最明显的区别就是"锦幕"更适宜于冬季使用。苏辙《戏次前韵寄王巩二首》"白马貂裘锦幕"，王炎《题周功甫总领石溪三亭·雪亭》"紫茵锦幕燎炉炽"，用锦幕的时候需穿貂裘，屋内生有火炉，可见此时正是最寒冷的时候。韩维《夫人阁四首》"重锦褰妆幕"，突出锦"重"的特点，这个"重"我们既可以理解为贵重，也可以理解为厚重。从常理上看，"锦幕"应该要比"罗幕"更能应对寒冷的空气，所以二者的区别也仅在于此。

诗歌中，"罗幕"的使用频率要比"锦幕"多得多，因此我们可以推测，在唐宋年间，多数人用的还是"罗幕"。

另外，杜牧《秋娘诗并序》"椒壁悬锦幕"，可以再次证明"幕"是悬挂式的。郑谷《侯家鹦鹉》"晓月啼多锦幕垂"，可知幕在一般情况下都是放下的。这也好理解：用"幕"的季节都比较寒冷，须放下才保暖。

至于颜色，从陈三聘《浣溪沙》"翠幕遮笼锦一丛"，程公许《李德夫司理即永康官居辟小轩赋诗二首求京花》"护持翠幕千窠锦"，杨万里《羲娥谣》"谁将红锦幕半天"，可以看出"锦幕"仍以翠绿色和红色为主。

（四）帷

1. 罗帷（帏）

通常而言，我们会把"帷幕"看成是一个词语，但细细推敲起来"帷"和"幕"还是略有区别的：

首先，从诗歌看来它们各自的功能不一样。我们试比较宋代韩嵺《浪淘沙》"四垂罗幕护朝寒"和宋代朱敦儒《朝中措》"罗帷不用遮寒"，同是宋代，价值观念应该是一样的，而两句诗中分别指出了"罗幕"和"罗帷"不同的功能：罗幕是用来避寒的，而罗帷则不需要用来遮寒。由此就可以推测，罗幕的位置是在室外，而罗帷的位置则应该是靠近内室，其作用纯粹是遮蔽和装饰，所以就"不用遮寒"了。

其次，从它们各自关联的词语来看，"帷"与"幕"也并不相同。徐陵《乌栖曲·二》"绣帐罗帷隐灯烛"，李白《春怨》"罗帷绣被卧春风"，杨公远《边日雪次典仲宣韵二首》"更垂纸帐当罗帷"，从中我们可以看出"罗帷"是与"帐""绣被"相关联的，也就是说紧靠卧榻；而从李贺《十月》"碎霜斜舞上罗幕"，晏殊《蝶恋花》"罗幕轻寒，燕子双飞去"，可以看出"罗幕"关联的是"霜""燕子"之类室外的自然现象。再比较刘宰《喜西岗桥成并书邦美东西桥记后》"罗帷醉起酣笙钟"，卢纶《宴席赋得姚美人拍筝歌》"绣幕纱窗俨秋月"，我们同样可以看出"罗帷"关联的是房屋内部的生活，而"绣幕"关联的则是屋外的秋月。杨维桢《主家祠》"内屋深罗帷"，则可以明确看出"罗帷"是在"内屋"里的。从这一句我们又可以反观前面观点：正是因为已经在"内屋"，寒风已经过层层遮挡了，所以就"不用遮寒"了。

最后，诗歌里面绝大多数时候"帷"和"幕"都是分开使用的，"帷幕"同时出现在诗歌里的现象很少，并且即便是"帷幕"合在一起用，我们也可以将之分开理解。比如岑参《与独孤渐道别长句，兼呈严八侍御》"高斋清昼卷帷幕"，我们可以理解为在白天人们将"帷"和"幕"都收拢了；同样，黄庭坚《薛乐道自南阳来入都留宿会饮作诗饯行》"霜风猎帷幕"，我们也可以理解为霜风不仅吹动了"幕"，还穿过"幕"把室内的"帷"也吹动了。

　　所以说，我们大致可以确定"罗帷"与"罗幕"面料相同，但是各自功能却略有区别："罗帷"多用于室内隔断。

　　帷是什么样的形制？王諲《夜坐看掷筹》"却挂罗帷露纤指"，从这句诗我们可以看出跟"罗幕"一样，"罗帷"也是悬挂式装置。但结合其他诗句，我们可以看出收起"罗幕"是用"卷"，收起"罗帷"则不是。鲍照《代白纻曲》"卷幌结帷罗玉筵"，沈约《三妇艳》"中妇结罗帷"，可知帷是用"结"的方式来收拢的。严仁《多丽》"斜玉界罗帷"，"界"，划分之意，"斜玉"则可能是指用于固定"罗帷"的工具，用玉做成，呈倾斜的状态——这不得不让人联想到蚊帐，"斜玉"就可以理解为挂蚊帐的钩子，当钩子钩住蚊帐的时候的确是倾斜状态。再看"却挂罗帷露纤指"这句诗，就可以理解为美人在把"罗帷"收拢的时候露出了她的纤纤十指——因为钩子一般都有一定高度，需要举臂才能完成，一举臂衣袖就滑了下来，手指就露出来了。简言之，"罗幕"是向上卷的，而"罗帷"是向两边分的（图64）。

图64　罗帷，山西洪洞水神庙壁画《王宫尚宝》

　　我们从魏晋时期曹叡《乐府诗》"罗帷自飘扬"和白居易《闺情》"风卷罗帷掩更开"也可看出罗帷的这一形制：只有中分式的两块布料才容易产生"自飘扬""掩更开"的效果。若是一片式的结构，无论是苏轼《四时词》"东风和冷惊罗幕"，还是张孝祥《菩萨蛮》"东风约略吹罗幕"，都没有大肆摇晃。这个道理很好理解：单片式的"罗幕"为了方便卷起，一定会在底部装上类似于卷轴的东西，这个东西本身的分量就可以对罗幕起到很好的垂坠和固定作用，一点点风是不可能将它吹得乱晃的。而"罗帷"因为是往两边固定，底部没有附加什么东西，仅仅是"罗"本身的分量，因而一点微风便可以将其吹得随风乱晃，稍微大点的风就很容易制造"掩更开"的效果。

"帏"与"帷"读音相同。崔公远《独夜词》"锦帐罗帏羞更入"，李白《相逢行二首》"锦衾与罗帏"，韦庄《归国遥·其二》"罗幕绣帏鸳被"，按前面所述特征，这些诗句中的"帏"完全与"帷"同义，所以二者为通假字，就不再赘述。

2. 锦帷（帏）

越往后，我们对古人生活习惯的了解就越详细。比如根据顾夐《甘州子》"一炉龙麝锦帷傍"，我们就可以了解到古人室内的具体陈设：由锦制成的帷自上而下垂坠下来，旁边一炉麝香正缓缓熏着。香烟缓缓上升，再四处飘散，最后幻化为无，产生"香熏罗幕暖成烟"的效果。在锦帷与罗幕之间，感觉总有淡淡的烟雾浮动。正因为有熏香，张泌《浣溪沙》所描述的"锦帷鸳被宿香浓"就是一个非常自然的现象。再联想其他诗句，似乎唐诗宋词里都很喜欢提到"香"字，如"罗帏绣幕围香风""薰炉绫被余言馥""锦被遗香清渺渺""绣囊锦帐吹香"，再联系《红楼梦》中怡红院里的生活，我们会发现古人并没有夸张，"香"的确就是他们的常态。

宋代曾协《祝英台近》"最怜纹锦搴帷"，哀长吉《齐天乐》"帷褰凤锦，镜启鸾台，烟横鸳枕"，程公许《昌元郡圃看海棠红苞烂然示有开者问读以诗》"南子似羞褰锦帷","褰"这个动词再三被诗人提起,即"掀起锦帷"之意,可见"帷"和"幕"一样,通常都是呈放下来的状态。唐代黄滔《去扇》"锦帷开处露翔鸾","开"暗含"一分为二"之意,如"芙蓉向脸两边开",这个句子就再次说明"帷"的打开方式是向两边分开。

（五）帘

今天我们所说的"门帘""窗帘"这个意义上的"帘"古代写作"簾",它与"帘"不是一个字,汉字简化后才将二者合二为一。"簾"从竹,是遮蔽门窗的工具;"帘"从巾,是酒家、茶馆作店招的旗帜。从造字法上看,"簾"起初多用竹子、芦苇制成,经济发展后就囊括了其他材料,比如布帛、珠玉等,再到今天还出现了金属做成的"卷帘门"这种东西;而"帘"则一开始就用布帛制成,二者不可等同视之。郑谷《旅寓洛南村舍》"白鸟窥鱼网,青帘认酒家"诗句中的"帘"是其本来的意思,指酒旗;而刘禹锡《陋室铭》"苔痕上阶绿,草色入帘青"中的"帘"则是简体字的合并意义,指代的是门帘。

"帘"作为酒旗的意义很好区分,所以我们暂且不谈。结合诗歌来看,我们会发现"帘"的使用范围其实非常广泛,从室外到室内多个地方都要用到它,起遮蔽或隔断的作用,而并不只用于门窗。

首先，"门帘"是其基本用途。冯延巳《菩萨蛮》"绣帘时拂朱门锁"，欧阳修《阮郎归》"隔帘风雨闭门时"，苏轼《贺新郎》"帘外谁来推绣户"，魏了翁《曾少卿约饮即席赋》"深院帘旌昼掩门"，曹组《鹧鸪天》"千门不敢垂帘看"，这些诗句中的"帘"都与"门""户"相关联。"绣帘"时时会拂到"朱门"上，而"朱门"已锁，可见"帘"就在门外面。这一风俗北方民居至今仍有保留。

其次，是用作"窗帘"。吕渭老《浣溪沙》"夜寒窗外更垂帘"，毛滂《浣溪沙》"小窗不用著帘遮"，苏轼《无题》"帘卷窗穿户不扃"，这些诗句都点明"帘"是用于遮蔽窗户的。而这一点似乎又与"幕"相冲突——我们通过前面的论证，知道"幕"是用于遮蔽窗户的，所以"帘幕"才通常并举。那为什么会出现这样的现象呢？考究起来，可能"帘"和"幕"可以叠加使用，即"帘"后再叠加一层"幕"。比如说"散入珠帘湿罗幕"一句，说的是朔北的雪飞散而入，首先是"入珠帘"，而后才是"湿罗幕"。只不过这里的"帘"与"幕"的制作原料并不一样。从常理上看也应该这样：一是美观，二是实用，否则如果都是用"罗"制成就会显得累赘。正因一层"帘"再加一层"幕"，所以才有"风帘翠幕"的效果。这种形式可以称为"重帘"，晏殊《浣溪沙》"小阁重帘有燕过"，温庭筠《菩萨蛮》"重帘悄悄无人语"，晏几道《鹧鸪天》"重帘有意藏私语"，李

清照《浣溪沙》"重帘未卷影沉沉"，这些诗句讲的应该都是这种
形制。因为是"重帘"，透过这两层帘幕看对面不可能看得很清
楚，所以才有晏几道《采桑子》"恨隔垂帘看未真"和张先《天
仙子》"重重帘幕密遮灯"这些诗句。

最后，亭、廊等开放式的建筑通常需要用"帘"取得暂时封
闭的效果（图65）。这就是古人的建筑智慧：在柱子与柱子之间
挂起一幅幅帘子，全部卷起来时紧靠房顶，丝毫不影响房屋的通
风、采光以及开放性，放下来则立刻就可以营造出一个相对封闭
的空间，这在夏天阳光太强烈的时候尤为有用。正是有这样一种
建筑理念，所以一年四季无论冷热晴雨，"帘"都与户外的风光
同在：冯延巳《菩萨蛮》"轻风花满帘"，晏殊《蝶恋花》"帘幕
风轻双语燕"，这是春天燕子飞回来了、百花盛开的美丽场景；
贺铸《浣溪沙》"揭帘飞瓦雹声焦"，这是夏天暴雨来临的景
象。欧阳修《蝶恋花》"帘幕东风寒料峭"，苏轼《蝶恋花》
"帘外东风交雨霰"，陆游《秋思》"露气侵帘已峭深"，通过
"帘"感知空气中的寒意；周紫芝《鹧鸪天》"晴日烘帘暖似
春"，也通过"帘"感知太阳的温暖；李煜《浪淘沙》"帘外雨
潺潺"，贺铸《菩萨蛮》"薄雨隔轻帘"，雨声从"帘"外传
来；苏轼《江城子》"淡烟笼月绣帘阴"，淡淡的月光也正是笼
罩在"帘"上。

图65　明·仇英《汉宫春晓图》

　　古代的房屋结构比现代简单得多。现代人四五十平方米的房子尚且要隔出几个房间来，而古人上百平方米的房子也只有一个房间。这显示了古人的建筑理念：一切以灵活机动为原则。一间屋子的外部结构是确定的，但是其内部的空间却可以有多种组合方式：可以借助厨、屏、帘、帷等家居用品随意造型，需要两间就隔出两间，需要哪间大点就大点，不喜欢了再换就是。这种建筑理念的优点是显而易见的：十分灵活，可充分体现户主的个性，比如《红楼梦》里的探春大气爽利，她住的秋爽斋就不用什么隔断。但这种建筑模式的弊端也是显而易见的：他们所谓的"隔断"，其实隔而不断，居住其中基本谈不上什么隐私。比如《红楼梦》里贾宝玉前一秒在里屋摔了一个茶杯，后一秒外屋的贾母就让人来问怎么回事。贾母的房间算得上是宽敞的，隔音效果尚且如此，就不难想象更小的房间会怎样了。大概正因如此，古典小说、戏曲里才会出现那么多"窃听"的细节。

　　如前所述，房间需要隔断，夏季用"纱厨"，其他季节则用"帘"或"帷"，或者"帘"加"帷"。苏轼《南乡子》"灯晃帘疏笑却收"，由"灯晃"我们可感知到这个"帘"明显是在室内的，但是"疏"字却表明此"帘"并非整片的布帛，而是"珠帘"。韦庄《清平乐》"翠帘睡眼溟蒙"，晏几道《清平乐》"背照画帘残烛影"，这两句诗中的"帘"就是我们所说的用于室内隔断的整幅帘子了，从"睡眼""残烛影"二词可看出这"帘"一定是用于室内的，而"画"则提示出"帘"非镂空的特征。

　　"帘帷"或"帘帏"并用的现象也很常见。不管是"帷"还是"帏"都是一回事。孟浩然《春怨》"妆罢出帘帷"，许浑《对雪》"帘帷增曙色"，毛熙震《菩萨蛮》"斜月照帘帏"，徐玑《述梦寄赵紫芝》"清风在帘帏"，韩偓《咏浴》"岂知侍女帘帏外"。这些诗句中的"帘帷"的"帘"和"帷"可以分开看，"帘"位于室外，而"帷"则在室内，从而形成一种"穿堂过户"的效果；也可以把二者看成是一回事，就是指"帘"与"帷"叠加在一起（图66），都用于室内隔断。这也好理解：如果用较为轻薄的纱罗做成"帷"，再加上一层相对厚实的"帘"，就可以更灵活地供户主选择——要敞亮，帘帷全部收起；要朦胧，帷放下，帘卷起；要全隔断，帘帷都放下。这再次体现出古人灵活机动、因地制宜的建筑理念。

图66　山西大同徐龟墓壁画《散乐侍酒图》

"帷"的形制之前已有论述，即用类似于蚊帐的左右开合方式；"帘"如果是"珠帘"自另当别论，如果是锦帛做的则与"幕"一样，用上下收卷的开合方式。比如宋代无名氏《浣溪沙》"楼上风轻帘不卷"，苏轼《菩萨蛮》"绣帘高卷倾城出"，都是以"卷"来形容"帘"的。宋代无名氏《南歌子》"帘高故放低"，也可看出"帘"是高高悬挂起来的。宋代无名氏《浣溪沙》"玉钩帘卷日偏长"，当"帘"高高卷起的时候，日光就可以直接照到室内来，投下长长的影子。而当"帘"全部放下来的时候，其长度与"幕"一样，也是刚好及地：王庭珪《蝶恋花》"笑语帘垂地"，史浩《临江仙》"炉袅金丝帘窣地"，"垂地""窣地"都是及地的意思。

当需要把"帘"卷起来的时候，人们用"帘钩"来对其加以固定：宋代无名氏《临江仙》"美人亲上帘钩"，晏殊《清平乐》

"遥山恰对帘钩"。具体到材质，欧阳修《玉楼春》"玉钩帘下香阶畔"，秦观《浣溪沙》"宝帘闲挂小银钩"，可见钩由珍贵的玉、银制成。

"帘"的顶端通常有"幔"加以覆盖（图67），底端则有配套的"帘旌"。"帘旌"是指帘的底端所缀之布帛，这一形制在现代的窗帘制作中依然还有保留。又因"帘旌"与"帘"一般都是配套的，所以"帘旌"许多时候就成了"帘"的代称。比如张耒《偶成》"雨湿帘旌不上钩"，王仲修《宫词》"差差燕子拂帘旌"，侯寘《水龙吟》"夜来霜拂帘

图67　宋·佚名《孝经图》局部

旌"，杜安世《河满子》"微风频动帘旌"，姚宽《菩萨蛮》"睡起揭帘旌"，黎逢《小苑春望宫池柳色》"飞絮触帘旌"，这些诗句中的"帘旌"不能生搬硬套地理解为"帘"的一部分，而是指整个"帘"。

"帘"的色调也与"幕"类似，以红、绿为主。红色的常被称为"朱帘"，如杜甫《秋兴八首》"朱帘绣柱围黄鹤"，晏殊《蝶恋花》"朱帘一夜朦胧月"，辛弃疾《念奴娇》"莫卷朱帘

起"，舒亶《菩萨蛮》"朱帘乍卷层烟起"，秦观《水龙吟》"朱
帘半卷"。绿色的常被称为"翠帘"，如晏几道《清平乐》"曲罢
翠帘高卷"，宋代无名氏《导引》"翠帘人静月光浮"，周紫芝
《鹧鸪天》"翠帘重，今宵何事偶相逢"。当然，也有黄色、青色
的帘子，如陈造《鹧鸪天》"须知绿幕黄帘底"，李曾伯《沁园
春》"更青帘半卷"。绣了花的帘子显然就应该被称为"绣帘"，
比如冯延巳《临江仙》"夕阳楼上绣帘垂"，苏轼《蝶恋花》"那
日绣帘相见处"，李之仪《浣溪沙》"曲房深院绣帘垂"，《红楼
梦》中林黛玉的"手把花锄出绣帘"。也有模棱两可的"画帘"，
如晏殊《浣溪沙》"恨无消息画帘垂"，这个"帘"上的画不知
是绣上去的还是染上去的，但有纹饰是必然的。至于具体的纹
样，吴融《个人三十韵》"帘旌绣兽狰"，说明"帘"上大概会
绣一些常见的祥瑞图案。

关于"帘"，还有几句有意思的诗句：宋代无名氏《鹧鸪天》
"佳人偷揭绣帘窥"，佳人在帘后，"偷揭绣帘窥"，"偷"可看出
其好奇又不敢明目张胆的样子，是什么使她不敢走出帘子大胆地
观看而非要偷偷地窥视呢？向子諲《浣溪沙》"隔帘清唱倒琼
彝"，唱就唱吧，为什么要隔着帘子唱？宋代无名氏《满庭芳》
中还有"好女儿、齐隔帘听"一句。这些都在向我们暗示一个事
实：宋代以后的"礼教"的确是越来越严格了。

以上是用于房屋的"帘"。"帘"还有一个意思是指代"酒
旗"，如范成大《朝中措》"系船沽酒碧帘坊"，辛弃疾《鹧鸪

天》"晚日青帘酒易赊"。

酒旗的形制在张择端的《清明上河图》中有描绘（图68）。值得一提的是，这种酒旗与另外一种被称为"幡"的东西很像。"幡"是用竹竿等挑起来直挂着的长条形旗子，其颜色是五彩缤纷的：如张元干《感

图68 宋·张择端《清明上河图》局部（杭州都锦生织锦博物馆藏）

皇恩》"豹尾引黄幡"，苏轼《浣溪沙》"共挽朱幡留半日"，张孝祥《菩萨蛮》"丝金缕翠幡儿小"，赵师侠《柳梢青》"丝金缕玉幡儿"，释印肃《颂证道歌·证道歌》"黄幡直下起清风"，颜色都十分亮丽。

起初"幡"是一种仪仗用旗（图69）。王建《宫词》"金画黄龙五色幡"，曾觌《水调歌头》"朱幡皂盖南下"，可见上至君王，下至王侯，身份尊贵的人皆可使用。但"幡"更多的还是用于宗教场所（图70），比如范成大《朝中措》"更将长命题幡"，吕岩《七言》"九节幢幡洞里迎"，宋白《宫词》"内寺幡花散道场"，释慧空《颂古》"不是风兮不是幡"，这些诗句要么说的是关于宗教的事情，要么作者本人就是僧人。其实"幡"在今天的

寺庙里还是比较常见的，在许多农村的丧礼中也仍然保留有"招魂幡"这种东西，这些都是古风的遗留。欧阳炯《清平乐》"春幡细缕春缯"，说明"幡"由丝绸制成，十分轻盈，在起风时会随风飘飞，而这正与"酒旗"的特征相似。

图69　《牛车出行图》，唐·李震墓壁画　　　　图70　敦煌壁画

（六）屏

"屏"即"障"，抵挡之意。屏风的作用最初显然是挡风。只不过奉行"生活即艺术"的先民早已习惯把生活用具做得既实用又好看，所以，屏风自然也成为他们居家艺术的一部分。

"屏"跟"厨"形制上有相似的地方，都起到隔断和装饰的作用，且都多在内室使用。白居易《昭君怨》"何曾专夜奉帏屏"，韦庄《谒金门》"夜夜绣屏孤宿"，黄庭坚《满庭芳》"胡床湘簟方屏"，欧阳炯《浣溪沙》"凤屏鸳枕宿金铺"，蔡伸《虞美人》"鸾屏绣被香云拥"，朱敦儒《减字木兰花》"绣被春寒掩

翠屏"。从"专夜""孤宿""床""被"等字眼可明显看出这些
屏风是使用在卧室里的。王采《浣溪沙》"绣屏遮枕四边移"，陆
游《书适》"曲曲素屏围倦枕"，这两句更加直接地指出了"屏"
在卧室的摆放位置：要么"遮枕"，要么"围枕"，所以，准确地
讲，"屏"就摆放在床边。正是因为就在床边，如果是有点冷的
时候，就会产生"绣被春寒掩翠屏"的反应——把屏风合拢，这
好比风吹来了就会情不自禁地过去把窗户关上一样。同时，从
"绣屏遮枕四边移"中的"四边移"我们可以看出，屏风和纱厨
又有不同的地方：纱厨有一部分隔扇是固定的，屏风则没有固定
位置，可以随处挪动造型（图71）。

图71　五代・王齐翰《勘书图》》

屏风既然可以挪动，就不一定只用在床铺旁边。晏几道《阮
郎归》"香屏掩月斜"，从常理来看，这扇屏风不可能是摆在床边

的：如果躺在床上，有屏、帐、帷、幕好几层遮挡，诗人无论如何都看不到外面的月亮。但同时"屏"又不可能是摆在户外的：苏轼《蝶恋花》"月上屏帏"，周紫芝《鹧鸪天》"乍凉秋气满屏帏"，从这两句诗可看出"屏"是和"帏"放在一起的，"帏"是室内的隔断设施，那么"屏"自然也就是用于室内了。张元干《如梦令》"香雾曲屏深处"，说熏香像烟雾般缭绕着屏风，通过之前的阐述我们又知道，香炉一般放在帷边，所以，从这一点上也看得出来"屏"是置于室内的居家用品。冯延巳《采桑子》"独背寒屏理旧眉"，"理旧眉"需要镜子，而镜子一般放在窗边，再结合黄公度《卜算子》"翡翠屏间拾落钗"，同样可看出"拾落钗"这个动作发生在室内但是不可能在床上。因此，我们可以大概得出结论：屏的使用范围是整个房间内部。

"屏"可分为单扇和多扇。多扇的特点是"曲"：苏轼《行香子》"曲曲如屏"，韦庄《菩萨蛮》"翠屏金屈曲"，贺铸《菩萨蛮》"曲屏映枕春山叠"，韩淲《蝶恋花》"胆屏曲几花如雨"，陈克《浣溪沙》"曲屏深幔绿橙香"，张先《江城子》"曲屏斜烛"，毛滂《小重山》"曲屏横远翠"，晁端礼《小重山》"曲屏龟甲样"，姜夔《解连环》"又见在、曲屏近底"，都可看出屏风之"曲"。之所以"曲"，是出于造型需要。所以，当屏风收起来的时候，会出现"曲屏半掩青山簇"的现象："青山"是屏风上的图案，原本是展开的，屏风收拢起来的时候就感觉青山簇拥起来了。屏风组成数量可多可少：孙光宪《菩萨蛮》"晓堂屏六扇"，汪元量《忆秦娥》"六曲鸳屏"，朱熹《九曲棹歌》"六曲苍屏绕碧湾"，可见六扇的屏风是比较常见的。岳珂《宫词一百首》"读遍周官四摺屏"中的屏风则由四扇构成。陈造《蝶恋花》"山立翠屏开几面"，朱敦儒《采桑子》"依旧屏斜十二山"，没有具体指出多少扇，但是从"几""十二"就可以看出数量应该不在少数。而吴文英又有《贺新郎》"万叠罗屏拥绣"，"万叠"虽属夸张，但是至少说明当时的确是有规模较大的屏风组合。

屏风的结构与纱厨相似，都是在木质框架上裱糊丝帛而成。吴文英《风入松》"御罗屏底翻歌扇"，吴文英《声声慢》"罗屏绣幕围香"，陈允平《虞美人》"频吐银花双烬、照罗屏"，说的是用罗制作的屏风。谢逸《南歌子》"凤盘宫锦小屏遮"，王安石《葛蕴作巫山高爱其飘逸因亦作两篇》"锦屏翠幔金芙蓉"，又说明也有锦制作的屏风。

从视觉效果上看，屏风有单色的，也有各种纹饰的。单色的多以翠绿色为主，常被称为"翠屏"或"绿屏"，如冯延巳《菩萨蛮》"翠屏烟浪寒"，苏泂《金陵杂兴二百首》"红袖纷纷转翠屏"，赵彦端《鹧鸪天》"忆醉君家倚翠屏"，蔡伸《点绛唇》"翠屏花影参差满"，陈克《谒金门》"谁见绿屏纤弱"。也有丝绢本色的屏风，称为"素屏"（图72），如李纲《感皇恩》"竹枕绸衾素屏小"，刘克庄《浪淘沙》"纸帐素屏遮"，张九成《清暑》"碧纱灯照素屏风"。

图72 素屏，清·陈字
《仕女图》局部

为了增加屏风的美观度，人们还在罗、锦的质地上加上刺绣，称之为"绣屏"。张泌《浣溪沙》"绣屏愁背一灯斜"，韦庄《谒金门》"夜夜绣屏孤宿"，韦庄《应天长》"寂寞绣屏香一炷"，欧阳修《阮郎归》"绣屏深处说深期"，陆游《乌夜啼》"绣屏惊断潇湘梦"，杨炎正《满江红》"想深情、幽怨绣屏间"，张公庠《宫词》"侍宴归来掩绣屏"，这些诗句都说明刺绣已被广泛用于屏风上。

纹饰屏风的流行花样有以下几种。第一是"云屏"，即呈云彩图案的屏风。晏几道《西江月》"香屏晓放云归"，贺铸《菩萨蛮》"云屏无限娇"，辛弃疾《临江仙》"强扶残醉绕云屏"，陈三聘《菩萨蛮》"云屏谁为隔"，这些诗句里描述的即为这种屏风。第二是"鸳屏"，即有鸳鸯图案的屏风，如晏几道《蝶恋花》"秦云已有鸳屏梦"，韩淲《浣溪沙》"双鸳屏掩酒醒前"。第三是"雀屏"，即有孔雀图案的屏风，如史浩

《满庭芳》"交辉敝、孔雀金屏"，宋代无名氏《点绛唇》"金雀屏开半"，无名氏《鹊桥仙》"屏开金雀"。第四是各种山水图案的屏风。朱敦儒《采桑子》"依旧屏斜十二山"，吴潜《贺新郎》"曲屏半掩青山簇"，陆游《秋思》"屏掩数峰临峭绝"，王珪《宫词》"屏掩春山梦不成"，孙光宪《酒泉子》"展屏空对潇湘水"，这些诗句呈现出的屏风都有山水图案。山水图案有的又通过几幅联画的形式呈现，比如"六曲苍屏绕碧湾"就是由六扇屏风组成的一幅完整的山水图（图73）。另外，还有一些其他图案的屏风也见于诗中，如陆游《斋中杂兴十首以丈夫贵壮健惨戚非朱颜为韵》"南列红薇屏"，皇甫松《梦江南》"屏上暗红蕉"，表明屏风上有各色植物花卉图案；晁端礼《小重山》"曲屏龟甲样"，宋代无名氏《导引》"琳宫翠殿凤文屏"，陈允平《菩萨蛮》"凤屏倦倚人初困"，说明还有"龟""凤"等祥瑞图案的屏风。

图73　五代・周文矩《重屏会棋图》

这么漂亮的屏风，摆在哪里都是风景。按照古典美学传统，如此漂亮的屏风怎能不配上几个美人使之相得益彰？史浩《临江仙》"背屏斜映小腰身"，从这句就可以看得出屏风不算很厚，呈现出一种朦朦胧胧的半透明状态："映"应当是透过屏风看见一个小腰身的美人侧立于室内的样子，当时没有玻璃，不可能是照出来的，只能是透视。我们甚至可以推测这扇屏风是用罗，而不是用锦制

图 74　五代·顾闳中《韩熙载夜宴图》局部

作的，因为锦太厚，不具备这种半透明的特质。欧阳炯《菩萨蛮》"倚屏弹泪珠"，陈允平《菩萨蛮》"凤屏倦倚人初困"，冯延巳《采桑子》"回倚孤屏"，陈允平《定风波》"闲倚绣屏"，这些诗句无一不透露出强烈的脂粉气息。稍加注意还可发现诗人们都用了"倚"这个动词。"倚"，即轻轻倚靠，可见当时的屏风具备一定的稳定性，美人靠在上面都不会倒，一点点风当然吹不动它，或许正因如此它才叫"屏风"这个名字（图 74）。

就像纱厨往往搭配纱窗一样，"屏"通常都搭配"幕"或"帷（帏）"。吴文英《声声慢》"罗屏绣幕围香"，欧阳修《洛阳春》"锦屏罗幕护春寒"，周紫芝《鹧鸪天》"乍凉秋气满屏帏"。而"帷（帏）"和"幕"多用于夏季以外的季节，这说明屏风一

般不在夏季使用，夏季多使用纱厨。

如果屏风长时间不用要如何收纳呢？欧阳修《鹊桥仙》"云屏未卷"，由此我们可以看出，当长时间不用屏风时，人们就会把屏风"卷"起来。当然，这个"卷"不可能是像卷画轴一样，应该就是一扇一扇折叠起来。或者如晏殊《浣溪沙》"小屏闲放画帘垂"，不需要的时候随意搁置在屋内的某个地方就行了。

（七）纱灯

虽说"日出而作，日落而息"是古训，但是照明设备延伸了人的生命，减少了人们处于黑暗的时间，也催生出了别样的生活情调。苏轼曾"惟恐夜深花睡去，故烧高烛照红妆"，韩翃则描写了"日暮汉宫传蜡烛，轻烟散入五侯家"的景象，这些都只是天黑以后才有的风景。

无论是油灯还是蜡烛，都面临同一个问题：风一吹来就很容易熄灭，怎么办呢？聪明的古人再次从丝绸中寻找灵感，他们将目光投向又薄又透的轻纱。只能用纱来制作灯罩（图75），因为其他面料太厚，古时的灯

图75　纱灯，清·佚名《红楼梦怡红夜宴图》局部

本来就不算亮，如果再用锦、绫之类的蒙住，其照明效果就更差了。纱虽然漏风，但能稍微挡风，使灯不至于熄灭，最重要的是

它透明度高，能最大限度保证照明的效果。

因此，唐诗宋词里就有了纱灯的身影。白居易《山居》"夜伴只纱灯"，陆游《宴坐》"一点纱灯夜悄然"，这是读书人的情怀：其他人均已入睡，唯有一盏纱灯在陪伴自己，像是在叩问彼此的灵魂。蒋捷《瑞鹤仙》"待纱灯客散"，又是另一种人生的乐趣：一屋子热闹的人，高谈阔论后渐渐散去，屋子越来越宽，人越来越少，到夜深的时候，最后一个人与主人告别，数盏纱灯伴他离开，最后大地归于沉寂，人类进入了深沉的睡眠。严维《宿法华寺》"纱灯古殿深"，陆游《和范待制秋兴》"佛屋纱灯明小像"，又是另一种世外的场景：面对青灯古佛，置身其中仿佛已离红尘很远。崔子向《送惟详律师自越之义兴》"缝衲纱灯亮"，夜已深了，但师傅依然在灯下缝补衲衣。如此夙兴夜寐的僧人不止一个，唐代的皎然和尚也在"皎然捧经启纱灯"。想来世间此时也有人在灯下苦读，以为今天的辛苦可以换来明天的幸福，却不知道明天也是一个未知数。但皎然并不是苦读，读经于他是常态，他的心境永远如清风照水。然而这样的生活毕竟不能属于大多数，贺铸《采桑子》"惟有纱灯伴绣床"，这才是俗世更为正常的场景：一盏纱灯，一张绣床，不知绣床边有没有一个正在绣花的姑娘或少妇呢？有或没有意境都很美好，重要的是不能缺少那一盏纱灯。

纱灯不仅安放于室内，也安放在室外（图 76）。白居易《行香归》"檐下一纱灯"，韦应物《寄璨师》"西廊上纱灯"，这就类似于今天的路灯。贾彦璋《宿香山阁》"纱灯护夕虫"则是对"路灯"细致观察的结果：我们常说飞蛾扑火，其实扑火的又岂止飞蛾？一盏纱灯亮起来了，凡向光的飞虫都会循着光飞过来。"护"则可以看出诗人对生灵的爱惜：好在有轻纱灯罩，否则这些飞虫就烧死了。

想来纱灯是不会太亮的。张乔《题诠律师院》"纱灯留火细"，"细"字就给人以忽明忽暗之感。唐代畅当《宿报恩寺精舍》"纱灯霭中央"，"霭"也让人觉得不甚明亮。然而这种不明亮又似乎与古人特别搭调：朦胧的纱灯映照的是如黛的远山和成片的蛙鸣，这与一千年后摩天楼顶尖锐的激光灯正好形成鲜明对比。

薛师石《赠达西堂》"纱灯影处圆"，描述的是灯与影的关系，纱灯投下的阴影是圆形的，由此可知纱灯的形状也就是球形的，与如今我们春节常挂的灯笼相似。

张九成《清暑》"碧纱灯照素屏风"，朱敦儒《生查子》"澹照碧纱灯"，可看出纱灯的颜色通常是绿色的。

现在不妨让我们来畅想一下一千年前的夜晚：绿色的纱窗，红色的柱子，绿色的圆纱灯，加上天上的星星与远处的虫鸣，以及满天的寂静，这是一个令人神往的画面。

图76　纱灯，宋·萧照《高宗中兴瑞应图》局部

二、卧具

（一）帐

1. 锦帐

"锦帐"在诗歌里有两个含义：一是指房屋卧室使用的帐子，二是指室外使用的帐篷。我们可以用几个标准来做一下简单的区分：

首先，凡与女子有关的多为家居用品，凡与战争相关的一律是帐篷。如欧阳修《渔家傲》"锦帐美人贪睡暖"，韦庄《立春》"锦帐佳人梦里知"，柳永《两同心》"锦帐里、低语偏浓"，冯延巳《鹊踏枝》"珠帘锦帐相思否"，能看出其中的"帐"是家居用品。唐彦谦《无题十首》"锦帐芙蓉向夜开"，"芙蓉"象征的是女性，也可看出这里的"帐"是卧室中的锦帐。而高适《燕歌行》"战士军前半死生，美人帐下犹歌舞"，张玉娘《咏史代党奴》"歌傅锦帐醉烹羔"，描述的都是行军将领的生活状态，这里的"帐"应该就是指军队将领用的帐篷；张继《金谷园》"一骑星飞锦帐空"，"一骑"指骑马的士兵，所以也是指军帐。

其次，从与"锦帐"相关联的器物我们也可以判断出来。如毛文锡《赞浦子》"锦帐添香睡"，毛滂《浣溪沙》"烛摇红锦帐前春"，"锦帐"与"香""睡""烛"等词语相关联，不见得一定是表达儿女之情，但其婉约风格还是使人能够推断出来诗人所指是家中的锦帐。王迈《满江红》"安排锦帐骑银鹿"，朱敦儒《鹧鸪天》"玳筵围锦帐青毡"，独孤实《奉陪武相公西亭夜宴陆郎中》"花连锦帐开"，则更符合户外的特征，所以应指帐篷。

最后，可以通过题目或诗歌意境加以推断。如杨万里《古风敬饯都运焕章雷史部祗召入觐》"锦帐绫衾推望郎"，看题目就知道诗中的"锦帐"是一种室内陈设；戴叔伦《早春曲》"青楼昨夜东风转，锦帐凝寒觉春浅"，其视角是自室内至室外，且由冬到春有一定的绵延性，可见描写的也是家里面的锦帐；秦观《浣溪沙》"锦帐重重卷暮霞"，傅大询《念奴娇》"锦帐银瓶龙麝暖"中的"锦帐"也可以推断出是属于家庭用帐："重重"形容多层，"卷暮霞"则是一个婉约的意象，"银瓶""龙麝"从常理上来说也较符合家庭的环境。而韩偓《寒食日沙县雨中看蔷薇》

"雨声笼锦帐",从题目上可判断出应当是室外的帐篷。

从颜色上看,锦帐多为红色。比如从花蕊夫人《宫词》"绕岸结成红锦帐",晁说之《引伴宣事惠诗六首过有褒称且及其叔子文之旧》"三千红锦巧为帐"都可看出。

凡跟"锦"有关的东西多带有贵气,"锦帐"也一样。魏野《寄赠华山致仕韩见素》"锦帐眠来不称贫",凡能在锦帐里睡眠的人自然是不穷的。"紫囊锦帐""炉薰锦帐朝衣夹""卧锦帐、貔貅钲鼓",字里行间也无不透露着富贵气息。而富贵通常都因在朝为官:杜甫《风疾舟中伏枕书怀三十六韵奉呈湖南亲友》"叨陪锦帐座",魏野《谢何学士王专推官王道士同见访》"闲离锦帐带纱巾",岳珂《约客春波督参刘郎中方赴高紫微之集道间相值》"锦帐星郎油壁车",从题目上就可看出凡跟"锦帐"相关的人物多少都有一官半职。所以说,"锦帐"与"锦袍"一样,既是一种实用的器物,更是一种身份的象征。

2. 罗帐

另一种较为奢华的居家用帐是用罗裁制的。非常著名的蒋捷《虞美人·听雨》"少年听雨歌楼上,红烛昏罗帐"即可视为代表。

陈克《谒金门》"罗帐薄,缥缈绮疏飞阁",严仁《鹧鸪天》"复罗帐里春寒少",可见罗是一种理想的制帐面料,不太薄也不太厚,既实用又美观。"复罗帐"又说明帐并非只能有一层,也可以是两层或多层重叠。形制上，韩偓《闻雨》"罗帐四垂红烛背"，可见罗帐的形状和我们在二十世纪八九十年代常见的蚊帐是相似的，都是四方形（图77）。

从与罗帐相关的器物我们大致可以推断，凡是用罗帐的都是比较讲究生活品质的人家。王山《答盈盈》"六尺牙床罗帐窄"，精美的床榻配上漂亮的罗帐，其画面自然不难想象。刘沧《代友人悼姬》"罗帐香微冷锦裀"，温庭筠《南歌子》"罗帐罢炉熏"，葛立方《玉楼春》"香雾暖熏罗帐底"，杜安世《少年游》"罗帐掩余薰"，秦观《促拍

图77　罗帐，《侍寝图》，河南登封黑山沟北宋墓壁画

满路花》"罗帐薰残"，从中我们可以看出熏香在这些人家里是必不可少的。显然，熏香属于奢侈的享受而非生活必需。另外，韩淲《临江仙》"罗帐画屏新梦悄"，苏轼《南乡子》"罗帐细垂银烛背"，从其中的"画屏""银烛"也都可以看出精致生活的气息。翁卷《白纻词》"绣罗帐密流香尘"，在罗帐上还要施以绣花，可见其精美程度。

红色是罗帐主要的色彩。王昌龄《长信秋词五首》"红罗帐里不胜情",李贺《夜来乐》"红罗复帐金流苏",崔液《代春闺》"红帐罗衣徒自香",赵嘏《惊魂同夜鹊》"孤寝红罗帐",蒋冽《古意》"冉冉红罗帐",这些诗句表明在唐代红色罗帐是十分普遍的。宋代也一样,如陈宗远《寿陈府博》"高罗绛帐声盈耳",周邦彦《花心动》"罗帐褰红,绣枕旋移相就",钱氏《题壁》"红罗帐裹湿鸳衾",这些诗句中的罗帐都是红色的。

但罗帐并不只指床上的帐子,也并不是只有红色。比如李端《相和歌辞代襄阳曲》"红罗帐里有灯光",从常理上看,蜡烛是不会放在床上的,否则太容易失火。再结合韩维《城西二首》"韶乐铿轰罗帐殿",说明"罗帐"并不是只能用于卧室的床上,用罗裁制成帐的形状用于其他场所,比如说寺庙,也是可以的。汪元量《湖州歌九十八首》"箫鼓沸天回雁舞,黄罗帐幔燕三宫",释道颜《颂古》"紫罗帐里撒真珠",释正觉《颂古二十一首》"翡翠帘垂,丝纶未济。紫罗帐合,视听难通"。从这些诗句中我们可以看出除了常见的红色罗帐,还有黄色、紫色的,但这两种颜色都仅用于宗教场所,一般普通人家卧室使用的还是喜庆的红色。

3. 绡帐、绫帐、纱帐

唐宋年间也有用绡裁制的帐子。李贺《美人梳头歌》"西施晓梦绡帐寒",胡仔《水龙吟》"梦寒绡帐春风晓",郭世模《浣溪沙》"夜寒绡帐烛花融",这种"绡帐"指的都是居家的卧室用帐。

红和绿依然是绡帐的主打色彩,如张先《清平乐》"帐卷红绡半",李弥逊《感皇恩》"水面红妆翠绡帐",陈允平《满庭芳》"绡帐碧笼烟"。也有白色的绡帐,如陈德武《清平乐》"偷入霜绡斜隙帐"。另外,路德延《小儿诗》"弄帐鸾绡映",说明唐代还有花鸟纹样的绡帐。

冯延巳《如梦令》"绡帐泣流苏",结合"红罗复帐金流苏",可知古人还习惯在帐上饰以流苏。徐陵《杂曲》"流苏锦帐挂香囊"更详细地说明了锦帐上不仅有流苏,还悬挂有香囊,这再次说明其十分讲究。

还有纱做成的帐子。如储光羲《秋庭贻马九》"纱帐延才子",钱起《避暑纳凉》"深垂纱帐咏沧浪",宋代无名氏《虞美人》"看取碧纱帐内、有人牵",曾丰《余入广始见乡士刘养正于晋归》"绛纱帐里事浑少"。从这些诗句也可看出纱帐与罗帐相似的特征。但相较而言,纱帐更薄一些(图78)。

也有诗句表明绫也用于制作帐子,如葛胜仲《玉楼春》"谈围曾蔽青绫帐",程垓《清平乐》"恰似青绫帐底",不过更为少见。

图78 纱帐，元·钱选《宫帏习伎图》

（二）幔

《说文》："蔽在上曰幔，在旁曰帷。"段玉裁注："凡以物蒙其上曰幔。"我们通过这个解释很容易就能理解什么是"幔"了。在二十世纪八九十年代广泛使用的蚊帐正上方就有一层横幅，再考究一点的横幅下面还缝有一层流苏，这种形制正与"流苏锦帐挂香囊"类似。张碧《林书记蔷薇》"瑶姬学绣流苏幔"，冯延巳《如梦令》"绡帐泣流苏"，王珪《宫词》"纱幔薄垂金麦穗"，"金麦穗"也就是麦穗一样的流苏，说明自古以来帐幔配流苏都很常见。李贺《恼公》"绣沓褰长幔"，戴叔伦《去妇怨》"空持床前幔"，吴潜《五用喜雨韵三首》"伏鵳扑堕床头幔"，这说明幔的特点是"长"。今天有的窗帘上面也有一层打有褶皱的装饰性横幅，这其实就是古人所称的"幔"，它仅有装饰作用而无实用功能。

福建的武夷山又称为幔亭山，在唐诗宋词里"幔亭"也常出现，如陆游《遣兴》"误恩四领幔亭秋"，赵彦端《水调歌头》"依约幔亭歌舞"。这都来源于一个传说：当年武夷君在八月十五这天大宴宾客，设彩幔亭数百间，仙凡高聚。传说均来源于现实，由此可以看出幔在古代是多么普遍。

幔有几种类型，第一是如前所述的床上的"帐幔"。如张镃《秋风》"梦回衾幔亦飕飗"，陆游《秋夕》"昏灯照幔梦无聊"，其中的"幔"跟睡眠有关，可见是床上的帐幔。

第二是"帷幔"，即帷上面那一层装饰性的横条幅（图79）。如陈允平《绕佛阁》"孤灯晃帏幔"，又如白居易《和微之诗二十三首代和望晓》"云卷天帏幔"，将天空的云朵喻为天的帷幔，可见古人习惯要在帷上加幔。

图79　河南禹县白沙北宋墓壁画局部

　　第三是用于室外，比如屋檐下帘或幕上面的装饰（图80）。崔颢《邯郸宫人怨》"纱窗绮幔暗闻香"，杜甫《秦州杂诗二十首》"檐雨乱淋幔"，晁补之《青玉案》"微风触幔"，陆游《小雨》"急雨方侵幔"，张嵲《郡楼对雨和周守韵二首》"暮雨已吹幔"，从这些诗句明确表明雨只要下得急一点就会从檐上飘下来把幔淋湿，所以说它应当用在门或窗户的上面。与我们今天的习惯不一样的是，我们一般都把窗幔置于室内，但从这些诗句来看，显然当时的幔是用在室外的："檐雨乱淋幔"，如果是在室内，隔着屋檐、窗户、帘幕，并且它还在帘幕的上方，从常理上看无论如何都不可能到达"乱淋"的状态；同样的道理，"微风触幔"，如果是在室内，轻柔的微风被窗户一遮，也很难吹到幔上。又如范成大《次韵乐先生吴中见寄八首》"燕子知巢触幔飞"，陆游《不寐》"熠熠萤穿幔"，也可看出幔在户外：按常理来讲，燕子一般是在檐下筑巢，所以燕子飞来飞去很容易就触到幔；同样，隔着纱窗萤火虫是飞不进室内的，只有幔在窗外才可以随意飞进飞出。或许按我们今天的标准看来，这种家装方式让人觉得浪费、没必要，但这就是古人的生活方式。

图 80　清·陈枚《月曼清游图册》局部

　　第四是"酒幌"。当幌被吊在酒馆门帘上方时，它就成了"酒家"的标志。许浑《送人归吴兴》"春桥悬酒幌"，顾况《送友失意南归》"邻荒收酒幌"，王建《宫前早春》"酒幌高楼一百家"，窦叔向《夏夜宿表兄话旧》"愁见河桥酒幌青"，周邦彦《次韵周朝宗六月十日泛湖》"落日斜酒幌"，林景熙《舟次吴兴二首》"酒幌轻飘菡萏风"，这些诗句都可看出"酒幌"在户外的特征。唐宋年间，酒馆的门上方通常垂有一块幌子，它和"酒旗"都是酒馆的标志，相当于一种广告或者招徕方式，客人在很远的地方就可看见，然后就可以循着踪迹前来。

　　第五是安置在车、船上的布幌，如杨万里《四月十三日度鄱阳湖》"庐阜帆前幌"，周密《拜星月慢》"烟樯风幌"。古人的

"画船"布置得跟家中一样，这样可确保出行的舒适性。家中需要用幔，那船上自然也是需要的。

图81　明·仇英《明妃出塞图》局部

第六是用于宗教场所的幔。方回《遇李尊师》"云房锁扃帘幔卷"，韩维《西墅》"佛幔掩余香"，黄庭美《题方丈》"彩幔香销生翠寒"，王安石《渔家傲》"却拂僧床褰素幔"，这些画面在我们今天的寺庙里也还常见：一般庙里的佛龛上都垂着许多宽宽窄窄的布幔，这就是"佛幔"，形制想来与当年无异。

与帷、幕一样，幔通常也由罗、锦制成。元稹《生春二十首》"罗幔张轻风"，汪元量《湖州歌九十八首》"黄罗帐幔燕三宫"，诗中的幔即为罗裁制而成。汪元量《西湖旧梦》"锦幔笼船人似玉"，王珪《依韵和蔡参政导洛》"锦张客幔从隋去"，邓林《效晋乐志拂舞歌淮南王二篇》"绣窗锦幔飘菫仙"，此为锦裁制之幔。当然，从吴文英《永遇乐》"胜隔绀纱尘幔"，可看出也有用纱制作的幔，不过相对较为少见。

幔不像帷、幕那么有实用价值，它的重要作用就在于装饰，所以它必定以美观为目的，色彩必然艳丽丰富。有绿色的，如王安石《促织》"金屏翠幔与秋宜"，黄庭坚《次韵任公渐感梅花十五韵》"凤屏翠幔愁萧索"，秦观《菩萨蛮》"阴风翻翠幔"，向子諲《如梦令》"午夜凉生翠幔"。有红色的，如刘克庄《杂兴四首》"落月导萤穿绛幔"，王迈《挽郑昂叔珪母蔡夫人二首》"绛幔谈经日"，魏了翁《任宜人挽诗》"未经亲绛幔"，胡理《沧浪咏》"我欲裂绛幔"，项安世《江山见新知阆州李著作舟至》"绣旗朱幔鼓声喧"，范成大《忆秦娥》"日穿红幔催梳掠"。还有白色的，一般用于丧葬场合，如杜甫《哭严仆射归榇》"素幔随流水"，于鹄《哭王都护》"素幔朱门里"，秦观《永寿县君挽词二首》"素幔伤秋泛"，陆文圭《挽吉州刘总管》"归舟素幔不胜悲"。另外，还有各种图案的彩幔，如黄庭美《题方丈》"彩幔香销生翠寒"。

同样，为了使其更加精致漂亮，幔上也可绣花：韩偓《咏手》"怅望昔逢褰绣幔",欧阳炯《春光好》"垂绣幔,掩云屏,想盈盈",温庭筠《池塘七夕》"杨家绣作鸳鸯幔",张先《梦仙乡》"华灯绣幔"。从这些诗句都可以看出饰以刺绣的幔通常用于日常生活。在丧礼等特殊场合和宗教场所都是不用绣幔的。

最后我们来看看幔的使用方法。许浑《送人归吴兴》"春桥悬酒幔",陆游《夜坐庭中》"人静风褰幔",苏轼《南歌子》"午夜风翻幔","褰""翻"均有轻轻掀起之意,由此可见正常打开的幔呈悬挂的状态。顾况《送友失意南归》"邻荒收酒幔",可见幔可以随时挂上去,也可以随时收下来。骆宾王《宿温城望军营》"烟疏疑卷幔",刘长卿《九日题蔡国公主楼》"晴山卷幔出",刘禹锡《巫山神女庙》"晓雾乍开疑卷幔",杨巨源《相和歌辞代大堤曲》"邀郎卷幔临花语",王庭珪《二月二日出郊》"天忽作晴山卷幔",黄庭坚《和外舅夙兴三首》"卷幔天垂斗",这一系列的诗句说明收纳幔的动作是"卷"。也就是说在使用的过程中如有必要,比如说想要使视线更清晰或者相隔的二者需要直接接触,是可以把幔卷上去的。"天忽作晴山卷幔",天放晴了,山看上去就像把幔卷起来了一样,听起来似乎不合情理,要怎么"卷"呢?但从唐代王琚《美女篇》"褰帘卷幔迎春节",可以看出古代的幔的确就是用"卷"的方式收起的。参考帘、幕的形制,幔的顶端应该有一根轴,用以确定幔的宽度,用时随时挂上去,不用时取下来卷起收好。

（三）衾

1. 锦衾

《说文·衣部》：“衾，大被。”大者，厚也，可见用到“衾”的时候天气通常都比较寒冷。岑参《白雪歌送武判官归京》“狐裘不暖锦衾薄”，杜甫《送梓州李使君之任》“冬要锦衾眠”，孟浩然《寒夜》“锦衾重自暖”，温庭筠《菩萨蛮》“锦衾知晓寒”，都表明是很冷的冬天。从“狐裘不暖锦衾薄”这句诗里我们可以推测，锦衾在当时大概已经是最保暖、厚实的被子了，连身着狐裘都不觉得暖和，盖着锦衾都觉得单薄，足见冬天之冷。换句话说，锦衾都抵挡不了的严寒，大概其他类型的被子就更加不行了。这个道理是想得通的：锦是最贵重的面料，又最厚实，本着不暴殄天物的原则，就没有理由不把它做成最保暖的被子。反过来，韩淲《浣溪沙》“锦衾春暖梦初惊”，杜安世《渔家傲》“薰余乍厌锦衾温”，同样证明了锦衾的保暖性能：睡在锦衾里感觉有点热了，这才忽然惊醒，原来最冷的冬天已经过去了，可以换薄一点的被子了。

《诗经·葛生》“锦衾烂兮”，说明自古以来锦衾的色彩就是绚丽多姿的。江淹《歌》“美人不见紫锦衾”，说明南北朝就已经有了紫色的锦衾。毛熙震《更漏子》“绡幌碧，锦衾红”，说明唐宋时期有红色的锦衾。不过，照诗歌反映的情况来看，唐宋时期的人们还是对印有各色花纹的锦衾更加情有独钟。陈子昂《感遇诗三十八首》“葳蕤烂锦衾”，刘方平《琴曲歌辞代宛转歌二首》

"九华锦衾无复情",魏了翁《约任千载大卿同王万里杨仲博泛湖任赋二诗和》"芙蓉覆地锦衾烂",杨备《促妆钟》"锦衾香叠百花堆",这些诗句都表明锦衾上有许多艳丽的纹样。

2. 罗衾

李煜《浪淘沙》"帘外雨潺潺,春意阑珊,罗衾不耐五更寒",仇远《忆秦娥》"露凉顿觉罗衾薄",苏轼《四时词四首》"黄昏斗觉罗衾薄",由这些诗句可以看出罗衾的使用季节应为春秋两季。杨冠卿《四纹四时》:"轻风透幕罗衾薄,满尊娇红缀小桃。"轻风吹来,正是桃树花谢挂果之时,这个季节人们盖的是罗衾,可见罗衾较之锦衾相对薄一些。再联系《红楼梦》林黛玉所写的《秋窗秋雨夕》"罗衾不奈秋风力",林妹妹身体虚弱,畏寒,所以别人觉得合用的罗衾在她看来已经太薄了,不够暖,或许锦衾就更适合她。

许棐《杨柳枝》"重叠衾罗犹未暖","重叠衾罗"给我们提供一种信息:古人跟我们现在一样,觉得被子不够暖和的时候也会采取叠加的方式使之更暖。结合《韩熙载夜宴图》等绘画作品看来确实如此:稍加注意就会发现要么床边有一个架子,架子上总搭有一床或几床相对薄一点的被子(图82),要么床上就不止一床被子(图83)。从今天的生活习惯来看,一般都是一床较厚的被子加一床较薄的被子或者毛毯,而不会是两床同样厚度的大被子。再联系《说文·衣部》对"衾"的解释"衾,大被",有"大被"就必然有"小被",由此我们可以推测,在古人的床上,

"衾"并非冬天唯一的被子，可能他们会在十分冷的时候在"衾"上再盖一层"被"，当天气回暖后就把"被"撤掉，单独用"衾"。所以"衾"和"被"在古人那里是两个概念。

罗衾自然也是漂亮的。利登《玉台体》"凤尾罗衾翠幔重"，刘天迪《蝶恋花》"凤尾罗衾寒尚怯"，被面的花纹是喜庆的凤凰图案。仇远《蝶恋花》"绣衾罗荐余香冷"，又可知被面上还有种种精美的刺绣。

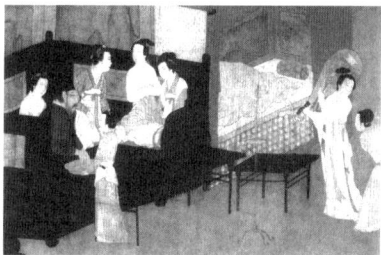

图 82　五代·顾闳中《韩熙载夜宴图》局部

图 83　宋·《女孝经图》局部

3. 绫衾

衾的另一种面料是绫。

从诗歌上看，旧时官吏们夜晚值班时盖的被子是用绫制成的。韩愈《和席八十二韵》"绫衾夜直频"，刘过《役诚斋》"绫衾大人承明直"，杨万里《送颜几圣龙学尚书出守泉州二首》"我昔绫衾下直时",喻良能《送参议李器之》"绫衾入直频",这些诗句中的"直"都通"值"。按制,唐宋时凡翰林学士每晚须留一人于学士院值夜,准备皇帝随时召对,或咨询政务,或草拟制诏,或收发当夜外廷呈送的紧急封奏并转呈皇帝。王安石曾有《夜直》一诗可为我们呈现官员值夜班的场景:"金炉香烬漏声残,翦翦轻风阵阵寒。春色恼人眠不得,月移花影上栏干。"杜甫《春宿左省》写的也是关于值夜班的事情:"花隐掖垣暮,啾啾栖鸟过。星临万户动,月傍九霄多。不寝听金钥,因风想玉珂。明朝有封事,数问夜如何。"值夜班当然需要准备卧具,绫衾即为保暖设备。为何是绫衾而不是罗衾或者锦衾?这也是皇家的规定:绫在唐宋时是官员的官服面料,用它来做被子合情合理。

当然,绫衾并不是官方才能使用的被子。宋祁《病间答杂端庞淳之见寄》"绫衾倦梦愁淹卧",此句写于"病间",可见宋祁家日用的即为绫衾。

宋理宗赵昀《赐马廷鸾四首》"绫衾寓直焰兰膏",杨万里《古风敬饯都运焕章雷吏部祇召入觐》"锦帐绫衾推望郎",从这两句诗我们大概可以看出绫衾是较为贵重和漂亮的:"焰",给人以光鲜亮丽之感,与"锦帐"对举则足以表明其价值。

(四)被

1. 绫被

《说文·衣部》:"被,寝衣,长一身有半。""衾,大被。"

言下之意为"被"是指形制较小、相对单薄的被子，而"衾"是指相对较宽和厚的被子。然而照今天的标准来看，"被"似乎也不见得算小。宋代王山《答盈盈》："六尺牙床罗帐窄。"《唐六典·尚书户部》："凡度以北方黍中者一黍之广为分，十分为寸，十寸为尺，一尺二寸为大尺，十尺为丈。""尺"在各个朝代具体所指略有变化，但折中算来大约为现在的三十厘米，也就是说，宋代"六尺牙床"的大小约为一米八宽，跟今天的床宽度差不多。白玉蟾《有怀》"青绫广被长"，说明绫被有既"广"且"长"的特征。晁端礼《鹧鸪天》："谁将十幅吴绫被，扑向熏笼一夜明。"《汉书·食货志下》："布帛广二尺二寸为幅。""一幅"是指长宽等同的布料，一床绫被用料"十幅"，折算下来长宽差不多就是两米二，这与一般男子"一身有半"长度是差不多的，所以的确算得上是"广"且"长"的。

白居易《晓眠后寄杨户部》"软绫腰褥薄绵被"，可看出这是一条以绫为被面的比较薄的被子，这个应当比较符合《说文·衣部》中关于"被"的解释，厚的应该叫"衾"。陆游《上元日昼卧》"被拥吴绫暖"，程公许《腊月二十六日部宿雪甚登天官厅后亭子》"冲寒趁补青绫被"，强至《诘朝雨寒密雪杂下辄成一篇呈诸匠者幸赐光和》"绫加侍臣被"。从题目上看，绫被使用的时间有"上元日""腊月二十六日"，以及"雨寒密雪杂下"的天气，这些时候盖绫被会有温暖的感觉，结合"趁补""加"表达的叠加、多盖一床之意，可知"被"通常是叠加在"衾"之上的。

　　唐宋年间的绫被以青色为主。方岳《水龙吟》"拥青绫被",刘克庄《五和》"拂衣久抛青绫被",苏辙《赋园中所有十首》"覆架青绫被",张孝忠《菩萨蛮》"青绫被底仙",王安石《送王郎中知江阴》"持归霄汉青绫被",梅尧臣《莫登楼》"青绫被冷风飕飕",这些被子都是以青色绫为面,内絮丝绵做成。

　　既然绫被又软又暖,说明它的消费群体生活比较讲究。宋庠《送苗郎中出漕江西》"几夕烧熏歇被绫",杨亿《比部朱员外知东明县》"薰炉绫被余言馥",梅尧臣《送余郎中知郑州》"浓薰旧舍青绫被",苏颂《再和入省宿》"被拥绫香归汉直",这些诗句都表明绫被在使用之前都会反反复复熏香。绫被本来就又软又轻又温暖,复施以香薰,可见其舒适度。反过来,程公许《借东溪巷钱庄寓居》"渔蓑且当青绫被",将"渔蓑"与"青绫被"相对比,再次反衬出绫被在当时人们心目中的价值。

　　2. 锦被

　　在宋代,海红花又被称为"锦被堆"。海红花并不是一种常见的花卉,比喻都是化抽象为形象,所以它和锦被在颜色上应当是很相似的。苏轼《游张山人园》"盆里千枝锦被堆",范成大《宝相花》"题作西楼锦被堆",李昉《对海红花怀吏部侍郎》"一堆红锦被",李至《奉和对海红花见寄之什》"俗呼锦被堆",均为歌咏海红花的诗句。在比喻句中,凡喻体必为常见之物,如此才能达到形象直观的效果,由此可见红色的锦被在宋代必为常见之物。而辛弃疾《临江仙》"被翻红锦浪",廖行之《又和前韵十首》"贪看繁红锦被堆"，杨万里《初夏即事十二解》"失却薰笼红锦被"，这些都说明用红色的锦制作被早已成为人们的习惯。

当然，红色并不是锦被唯一的色彩。张先《百媚娘》"蜀被锦纹铺水"，说明这床锦被以蜀锦为面，锦上有水波状的花纹。韦应物《横吹曲辞代长安道》"下有锦铺翠被之粲烂"，说明在唐代也有翠绿的锦被。毛熙震《临江仙》"绣被锦茵眠玉暖"，说明还有锦面加刺绣的被子。

李大力《改之下第赋赠》"银杯锦被骈氆裘"，"裘"说明盖锦被的时候天气是很冷的。但是锦被的保暖性能是可靠的，所以毛熙震《临江仙》就说"绣被锦茵眠玉暖"。当然，有时候冷暖并不一定跟温度有必然联系，心境也很重要：当一个人心里充满温暖，那么严冬仿佛也是春天；反之，如果一个人内心只有寂寞，就会感到格外寒冷，如华岳《矮斋杂咏二十首代独宿》"锦被重重冻欲僵"，他的"冻欲僵"或许不是因为锦被太薄，而是"独宿"使然。

第五章　生活艺术

一、日常用品

（一）代币

钱在哪个时代都是重要的，但是买东西却不一定非用现金不可：如今人们可以用购物卡、银行卡、支付宝等多种货币工具进行消费；而在古代，"五花马，千金裘，呼儿将出换美酒"，身上穿的衣服可以用来换酒喝，可见他们也不一定要用现金交易。金簪子、银镯子在必要时都是可以用来换粮换米救急的，而丝绸许多时候也拥有同样的功能。金银的价值不必多言，它们因稀有而珍贵，而锦帛能够与之并列，直接当钱花，可见其广泛的社会认可度。

想起来那就是一个很有意思的年代：假如我需要付一笔钱，我可以直接支付这笔钱，也可以支付同等价值的蜀锦；如果一个人欠了钱而实在没有现金还，也可以用家里的锦来抵债。陆游《贫甚戏作绝句》"数种裤襦秋未赎"——襦和裤是春秋季节才会穿的衣物，在夏天穿不着，于是陆游直接拿去当铺当了，可惜秋天来了，陆游的经济状况一点也没有好转，他并没有钱去把衣服赎回来。由此我们一方面可以推测出那段时间陆游的经济状况，另一方面可以得知陆游的襦衣还是值些钱的，否则当铺不会做赔本的生意，不可能接受它们作抵押。《红楼梦》里邢岫烟也曾把冬衣拿到当铺换钱花，可见对古人而言当衣服不是新鲜事。白居易《卖炭翁》里写到，官员们用"半匹红纱一丈绫"就换走了一车炭。《汉书·食货志下》："布帛广二尺二寸为幅，长四丈为匹。"也就是说，那一车炭只换得了两丈纱一丈绫。蒨桃《呈寇公二首》"一曲清歌一束绫"，由此可知唐宋时期多种丝织品都可以行使货币功能。这是好理解的：丝织品都比较值钱，既然贵重，当然可以当钱花。推而广之，用丝织品做成的袍、襦之类的衣服当然就可以拿去换钱了。

把丝绸当钱使的案例并不少见。据敦煌文书记载，丁巳年（957?）买五岁耕牛一头，用生绢一匹；丙午年（946）雇八岁黄父驼，用生绢五匹。另据《唐会要》卷89《泉货》记载，唐玄宗开元二十二年（734）规定，"自今以后，所在庄宅口马交易，并先用绢布、绫、罗、丝纬等，其余市价至一千以上，亦令钱物兼用，违者科罪"，从国法上规定了锦帛就是货币。白居易《南宾郡斋即事，寄杨万州》也有"以黄绢支给充俸"的句子。另外，景德元年（1004），宋与辽签订"澶渊之盟"，盟约规定，宋每年向辽输银10万两，绢20万匹，后每年又增加10万匹；庆历四年（1044），宋又与西夏议和，每年向西夏输银10万两，绢15万匹，茶3万斤。这些都是唐宋年间的官方行为，无论是用来支付官员的俸禄还是用来还债，都可看出绢是必不可少的一项。对比宋与辽、西夏分别签订的合约我们还可以发现，"银"是现钱，是必需的；而"绢""茶"两项是物品，完全可以折算成"银"支付，但是他们却不这样做，而是以银、绢、茶分项缴纳。由此就可以看出大宋的绢、茶在辽夏两国心目中的价值，而这也说明了光有钱还是不够的。同样，白居易的俸禄问题性质也一样：以绢支付俸禄并不是因为政府拿不出钱来，而是发绢和发银没什么区别。从以上例证我们可以看出绢在唐宋年间有着极高的价值，可以行使货币的支付功能。

官方行为通常是用绢，而民间则更流行把锦当钱花。岑参《胡歌》"葡萄宫锦醉缠头"，杜甫《即事》"舞罢锦缠头"，李益《夜宴观石将军舞》"琵琶起舞锦缠头"，说明唐代支付歌妓"缠头"——演出费用，其衡量标准一般是多少"锦"。韩滮《朝中措》"蜀锦舞缠头"，崔敦礼《次陆倅韵三首》"清欢何必锦缠头"，秦观《梦扬州》"酬妙舞清歌，丽锦缠头"，叶适《白纻词》"争看买笑锦缠头"，这些诗句表明宋代也是用多少"锦"来衡量歌妓们的演出费用的。晏殊《山亭柳·赠歌者》"蜀锦缠头无数"，苏轼《减字木兰花》"不用缠头千尺锦"，从其中的"无数""千尺"可以看出"缠头"数量之多。

"缠头"这个词语反映出先民的一些习俗。起初，歌妓们表演时将锦缠在头上作为装饰，后来看客们觉得这些锦应该由自己出，所以就事先准备好锦帛，"舞罢锦缠头"，待歌妓们表演完了就上去为她把锦缠在头上。有的歌妓是很著名的，欣赏她的人很多，于是就会出现白居易《琵琶行》"五陵年少争缠头，一曲红绡不知数"的盛况——"争"，设想一下，许许多多的"五陵年少"，争先恐后地跑去给一个歌妓送缠头，那场面一定很热闹，不亚于今天的追星。虽然这个琵琶女当年收到的"缠头"不是"锦"而是"红绡"，不过又有什么关系？我们由此可以看出当时"绡"也有一定社会认可度，可以行使货币的支付功能。宋代无名氏《鹊桥仙》"剩觅取、缠头利市"，黄庭坚《戏答公益春思二首》"舞余必缠头"，王之道《减字木兰花》"舞罢缠头怎得无"，"剩""余""罢"都可看出歌舞结束以后观众立刻就会履行支付行为。

　　让我们来推算一下当时歌妓们的收入状况：白居易《琵琶行》"五陵年少争缠头，一曲红绡不知数"，晏殊《山亭柳·赠歌者》"蜀锦缠头无数"，"无数"言其多。但究竟多少才算多呢？苏轼《减字木兰花》"不用缠头千尺锦"，苏轼《南歌子》"胜似缠头千锦、共藏珍"，梅尧臣《十月十八日》"缠头谁惜万钱锦"，陆游《夜宴赏海棠醉书》"歌费缠头锦百端"，朱松《楚江观梅》"曾费缠头锦百端"，这些数据说明宋代打赏歌妓动辄"千尺""百端"，而这些锦换算过来价值"万钱"。"端"是布帛的长度计量单位，六丈为一端，约合现在的二十米。在另外一些场合，诗人们是用钱来支付歌妓的：苏轼《李公择过高邮见施大夫与孙莘老赏花诗忆与仆》"缠头三百万"，范成大《题开元天宝遗事》"不赏缠头三百万",陆游《梅花绝句》"缠头百万醉青楼",赵汝鐩《缠头曲》"缠头一局三百万","三百万"是个常见数据,可见它就是当时的一个通行价格。因此我们换算过来可以得知歌妓们的收入是丰厚的,同时锦的单价也是比较高的。刘克庄《征妇词十首》"江南丝帛贵",更直言锦的价格高。这是情理之中的事情:如果东西不贵,送人的拿不出手,而不相熟的更不愿意把它当钱收。

但是锦在充当货币的过程中还是很容易出现问题的。它不像金银,产量、质量基本上是恒定的,相反,它受外界干扰的因素太多:如果某一年蚕丝丰收,则当年的锦产量就会高些,相对来说锦就贬值了,反之亦然。这跟今天一样,都存在着一个物价是否稳定的问题。唐代章孝标《织绫词》"去年蚕恶绫帛贵",宋代舒坦《和马粹老四明杂诗聊记里俗耳十首》"年来缣帛贱",从中我们就可看出帛一时贵一时贱,真要把它当钱一样存起来还是不太有保障的。苏辙《送鲜于子骏还朝兼简范景仁》"钱荒粟帛贱如土",从这里我们就知道"钱"才是最根本的标准,它不仅影响锦帛的价格,也会影响粮食价格。戴栩《定海钱王郎中》"帛贱米不翔",由此可知古代的金融危机与今天的差不多,都有连带影响。

物价稳定是社会稳定繁荣的标志。所以,假如是在太平年代,用锦帛来替代银子是没有问题的,收付双方都比较放心;然而,如果是在动荡不安的年月,这时还用锦帛来充当货币使用就行不通了。宋代邵雍《不愿吟》"不愿朝廷赐粟帛",可见在某些时候,无论是歌妓还是官员,人们还是觉得直接拿到真金白银心里更踏实些。

(二)书画

在纸张发明之前,锦帛是最常见的书写工具。纸张发明以后,因其成本低廉而迅速得以流传,很大程度上取代了锦帛的书写功能。然而,长期以来形成的习惯,加之锦帛本身的优良品质,使得贵族阶层依然对它情有独钟,凡重要文件、书画,甚至日常书信都将帛作为书写的载体。

1. 书信

古时书信可称为"锦书"。晏几道《浣溪沙》"凤楼人待锦书来",苏轼《水龙吟》"有谁家、锦书遥寄",李清照《一剪梅》"云中谁寄锦书来",陆游《钗头凤》"山盟虽在,锦书难托",辛弃疾《菩萨蛮》"锦书谁寄相思语",均以"锦书"代称书信。由此可见在相当长的一段时间内,人们的确是裁锦为书的。当然,也不只有锦可用来写信,绫、绢也是常用的,但人们仍习惯以"锦书"称之。

吴融《和韩致光侍郎无题三首十四韵》"梭密锦书匀",提示出锦作为书写工具的优良性能:"梭密",即锦的质地细致紧密,因而能够使书写变得很均匀舒适。罗与之《寄远词》"蜀锦裁书凭雁寄",似乎说明写信用的锦是随剪随用的,并不一定要预先准备在那里。

那么一般而言一封锦书要裁多大尺寸呢？徐夤《回文诗二首》"飞书一幅锦文回"，陆龟蒙《乐府杂咏六首代东飞鸟》"裁得尺锦书"，再联系更早的古乐府《饮马长城窟行》"呼儿烹鲤鱼，中有尺素书"，说明自古以来书信的长度一般都是"一幅"或"一尺"左右。"一幅"即长度与宽度相等的正方形布匹，《汉书·食货志下》云"布帛广二尺二寸为幅"，折算下来一幅锦宽度大约就是两尺，六十几厘米。在这样的大小中写毛笔字，如果字写得大，也就写不了几句话，所以必定要写小些才能多写些内容。韩偓《余作探使以缭绫手帕子寄贺因而有诗》"解寄缭绫小字封"，周邦彦《虞美人》"研绫小字夜来封"，元好问《鹧鸪天》"小字缭绫写欲成"，均可看出正常情况下写信的字都是小的。

"解寄缭绫小字封"和"研绫小字夜来封"还揭示出古人写信的最后一道工序：封口。为了保密，在信件写好之后，须将信封好，以防别人随意拆看。具体做法可参考陆游《追忆征西幕中旧事》"蜡封三寸绢书黄"，即将书信叠成三寸大小，再滴蜡封口。这样如果中途信件被人拆开过，蜡就必然会碎裂开来。

锦既有红、绿、紫等单一色彩，又有各种动物花鸟纹锦，那用于书写的锦一般是什么颜色呢？徐铉《步虚词五首》"真人紫锦书"，可见唐代用紫色锦当作书写载体。晏几道《鹧鸪天》"惜无红锦为裁诗"，说明到了宋代又比较推崇红色锦。简而言之，通常都是单色锦。绢则多通行黄色：权德舆《送上虞丞》"因寻黄绢字",湛贲《题历山司徒右长史祖宅》"丽句传黄绢",李弥逊《赠浮光王教授》"文字妙黄绢",均可看出作为纸张使用的一般都是黄色绢帛。晏几道《愁倚阑令》"红笺纸、小砑吴绫",韩偓《余作探使以缭绫手帛子寄贺因而有诗》"解寄缭绫小字封",则可看出作为信笺纸的绫选取的也是红色或者白色。总之,无论是什么材质的"纸张",都是单色。这也好理解:单色更适合凸显字迹,更为实用。

书信是古人联系他乡亲友的唯一方式,而当时的交通条件又决定了一封书信不可能像今天的快递一样很快就到达对方手中。邮差往返都需要时间,所以不可能天天都发邮件。武侠小说里常见的"飞鸽传书"或许代表了古人心目中传达书信最高效率的方式,然而真要来算一算的话,其实"飞鸽传书"不怎么可行:比如说从北京到上海,两城相距约 1 200 千米,一般的鸽子飞行时速能达到 60 千米/小时就相当不错了,照此算来,即使这信鸽不觅食也不休息,且按最高时速算,从北京飞到上海也得二十多个小时。事实上"飞鸽传书"只是古人浪漫的想法,真要实施起来难度很大:首先,距离不能太远,否则信鸽就饿死或累死了;其次,飞行途中不能遇上猎杀,也不能遇上其他意外;最后,信鸽的工作原理其实是只认回家的路,换言之,它只能以"家"为终点,而不能以"家"为起点往外面随意传信。简言之,靠鸽子来传送书信的不可控因素太多,风险实在太高,还是靠人来传送更为实际。

　　于是信使就应运而生了。他们骑着马，背上背着装有信件的包袱（图84）。马的速度快慢取决于包袱里信件的重要程度：若是关系到国家存亡的信件，比如军情、捷报等，那么信使就会快马加鞭，每到一个驿站换一匹马，像跑接力赛一样换马不换人，将信件火速送达。这个速度基本上赶得上今天"今日递，明日达"的效率。然而如果只是普通信件，信使就比较悠闲了，你大可以想象他如何且停且走。乾道八年（1172）秋，陆游收到堂兄陆仲高从家乡山阴寄来的书信，作《仙鱼铺得仲高兄书》："病酒今朝载卧舆，秋云漠漠雨疏疏。阆州城北仙鱼铺，忽得山阴万里书。"随后他又写了《渔家傲·寄仲高》："东望山阴何处是？往来一万三千里。写得家书空满纸。流清泪，书回已是明年事。寄语红桥桥下水，扁舟何日寻兄弟？行遍天涯真老矣。愁无寐，鬓丝几缕茶烟里。"从这两首诗可看出当时信件传达的一般效率：陆游身在四川阆中，在秋天收到从老家（今浙江绍兴）寄来的书信并回信，下次再收到陆仲高的来信"已是明年事"，可见其速度之慢。但无论怎么慢，邮差最终还是到达了目的地。他到达后开始挨家挨户地派送信件，当信件派送完毕后就可以返回了。这么去一趟来一趟耗费的时间比较长，所以人们一般都是在信使把信件送达时立刻拆阅，由奴仆将信使请到一边奉茶，读信的人就立刻磨墨回信。陆游《成都行》"吴绫便面对客书"，即是对这一场景的生动描绘。茶喝好时回信也就写好了，主人将信交予信使，再与之拱手作别，期待他的下一次出现。按常理来讲，邮差不可能在一户人家停留很久的时间，所以回复书信的时间应当是比较急迫的。唐代耿湋《古意》"含啼自草锦中书"，宋代颜博文《西江月》"草草书传锦字"，两句的"草"字都很能代表写信时的那种紧迫感：如果不是有人等着，他们完全没有必要草草写就，而应字斟句酌慢慢考虑。

图84 信使，《驿使图》，嘉峪关魏晋墓壁画

最重要的信件莫过于皇帝的圣旨，所以圣旨选用的纸张一定是最高级的。汪洙《神童诗》"姓名书锦轴"，"锦轴"是圣旨的代称——圣旨的形制与普通书信不同，从某种意义上说"圣旨"本来就是诏告天下的意思，因而它无须保密，所以就没有"信封"的必要。完整的一道圣旨有"锦"有"轴"，锦用于书写内

容，而轴是它的外观形制（图85）。简单地说，圣旨跟我们常见的画卷形制类似。爱看传奇小说的人可能又会想到所谓的"密旨"，密旨通常只有"锦"而没有"轴"，便于携带或收藏。由此可见，在"锦"与"轴"之间，还是"锦"更为重要。所以分开来看的话，"锦"可以代称圣旨而"轴"则不能。如宋白《宫词》"锦书新册太真妃"，李复《垂拱殿赐对蒙恩入省》"锦书殿陛初传赐"，都只说到了"锦"而没有提到"轴"。

当然，圣旨也不一定只能用锦书写。王义山《挽贾平章生母》"鸾绫谥诰新"，这道圣旨就是用绫写的。然而，无论是用锦还是用绫，参考当时的市场价格，这些"高级纸张"的造价都是不菲的。窦冀《怀素上人草书歌》"鱼笺绢素岂不贵，只嫌局促儿童戏"，黄庶《大孤山》"拂拭东绢倾千金"，这些诗句都侧面反映出绫、锦这类"高级纸张"的价格。也正是因为这个原因，像那些大规模的作品，比如说某个人的作品集，以及那些不甚重要的作品，都不会选用这么奢侈的"纸张"，而是使用我们今天意义上的普通纸。

图85　明代崇祯皇帝圣旨（山东曲阜孔府藏）

2. 字画

锦帛既可用于写信，也可用于书写圣旨，说明朝廷没有明确规定谁可以用这类高级书写材料，它没有"别尊卑"的作用。所以，只要经济允许，人们大可以任意选择自己想选用的纸张，而这也正是会有那么多珍贵的书画作品是绢本而非纸本的原因——无论多好的纸，毕竟还是不如绢好。

艺术家们的首选是鹅溪绢。品质超群的鹅溪绢几乎是所有艺术家的梦想，凡提到鹅溪绢均是一片溢美之词，可见它在书画界广受推崇的程度。关于这点在本书第一章已有阐述，故在此不再赘述。

绡也常用作书画纸张。刘言史《观绳伎》"银画青绡抹云发"，蔡襄《和运使学士芍药篇》"画入缣绡未逼真"，蔡襄是有名的艺术家，他选用的绘画纸张是用绡制成的，可见绡在唐宋年间应该也是很好的书画用纸。白玉蟾《绘莲二首》"为谁画出生绡上，泰华山头玉井图"。刘过《游峚崿山》"丹青吾欲画生绡"，刘子翚《次韵温其种竹诗》"淡夜寒绡画不真"，陆游《南园观梅》"画在生绡却未真"，都可看出用生绡制作的书画用纸也有一定的市场空间。

纨也有被用于制作书画纸张。晁补之《酬李唐臣赠山水短轴》"齐纨如雪吴刀裁"，表明这幅山水画所用的纨产自山东。

书信、圣旨等均有一定尺寸，而书画作品则无固定大小。韩淲《洞仙歌》"应似画、小景生绡一幅"，梅尧臣《王平甫惠画水卧屏》"遣画一幅绡"，这类属于较小的画作。杜荀鹤《送青阳李明府》"惟将六幅绢"，方干《题画建溪图》"六幅轻绡画建溪"，戴复古《儒衣陈其姓工于画牛马鱼一日持六簇为赠以换》"生绢六幅淡墨图"，陆游《杜敬叔寓僧舍开轩松下以虚濑名之来求诗》"生绡六幅谁所画"，这些画作均为"六幅"，所以这应该算较为常见的尺幅了。黄庭坚《答王道济寺丞观许道甯山水图》"八幅生绢作四时"，方回《丁桥晓行》"十幅生绡谁画得"，朱诶《画不如亭》"百幅生绡画不如"，排除夸张的因素，我们从中可看出绘画作品之间尺寸差别很大，并无限制。

汉语里有"画卷"一词，由此可见传统的绘画作品就是以"卷"而论的。无论是用绢还是用其他材料画好一幅画，装裱过后都须加之以"轴"，好卷起来存放。方回《丹青歌赠王春阳用其神丹歌韵》"锦囊玉轴锁御府"，苏轼《次韵米黻二王书跋尾二首》"锦囊玉轴来无趾"，王炎《题谢艮斋画笥四首》"玉轴锦囊无此景"，赵蕃《魏昭父惠新刻李西台诸公帖二首》"玉轴锦囊皆得师"，从这些诗句我们不仅可以看出"画卷"的形制是有"画"有"轴"，还可以得知古人常以锦囊收纳画卷。再联系戴表元《赠越子实》"韦箧锦囊鲜彩毫"，我们大致可以推测出古人书画保存的一般程序：将书画卷好，放入锦囊，再将锦囊放入箱子里长久保存。

苏轼《孙莘老求墨妙亭诗》"购买断缺挥缣缯"，描写了一幅生动的画面：许多人前来求诗，但是现成的作品都已经被抢购一空了，只好立刻泼墨现作。"购买"一词明确地指出是要付钱的。苏辙《题王诜都尉画山水横卷三首》又说"锦囊玉轴酬不訾"。从苏轼兄弟俩的诗句中我们就可以看出宋代的书画作品是要进入市场流通的，作者可以从自己的作品中获得报酬，并且很有可能报酬不低，可见宋代的文化商品经济已经很繁荣了，文人完全可以凭借胸中之才养活自己。

（三）囊

相传李贺是个勤奋的读书人。每天他都带着一个姓奚的小奴仆外出，每当脑中有一点诗歌的灵感，便将诗歌投入奚姓奴仆背负的古锦囊中。回到家，奚姓奴仆又将锦囊中的诗歌腾出来，由另一个奴婢抄写完成。他是如此勤奋，以至于祖母都爱恨交加地自言自语："难道我儿真的要呕心沥血？"凭借这种勤奋的态度，原本李贺应该是前途无量的。从写诗来看，他的确学有所成，只不过他并没能够走上大多数文人"学而优则仕"的道路。他的仕途终止于他的姓名，人说"进士"之称谓犯其父"晋肃"之名讳，所以他不能走科举这条路。在当时，不参加科举就意味着没什么未来，所以说李贺天生就是一个悲剧人物。好在李贺被公认为很会写诗，也算失之东隅，收之桑榆。

当年他与奚姓奴仆天天外出的那段岁月被人们津津乐道，于是"古锦囊"就成了一个典故。张炎《踏莎行》"锦囊日月奚童背"，陆游《初夏闲居》"虚负奚奴古锦囊"，杨冠卿《鹧鸪天》"奚奴空负锦囊归"，张炜《题可山梅花岩》"锦囊先束付奚奴"，刘克庄《纵笔六言七首》"尽入奚奴锦囊"……凡是有"锦囊"再加上一个"奚"字，讲的必定是李贺用功的故事。

李贺的刻苦成就了他的诗名，因此，"锦囊"也就成了"诗囊"的象征。程垓《满江红》"问甚时、重理锦囊书"，辛弃疾《生查子》"收拾锦囊诗"，林淳《水调歌头》"挥洒锦囊词翰"，杨公远《隐居杂兴》"锦囊诗卷改还删"，杨万里《跋陆务观剑南诗稿二首》"锦囊翻罢清风起"，均可看出化用"奚负锦囊"的典故，但指向的却是自己的作品。比如说程垓《满江红》"问甚时、重理锦囊书"，理的绝不是李贺的"书"，而是自己的"书"。陆游《晚兴》"锦囊倾倒有新诗"，朱长文《次韵子文抱病幽居之作二首》"闲卷新诗置锦囊"，也是将自己与李贺类比。秦观《俞公达待制挽词二首》"锦囊书札见平生"，说的是俞公达著作等身，并且通过他的作品可以看得出他的为人。这些诗句虽都与李贺相关，但已与"奚负锦囊"相去甚远，更多的是指代时人时事。

"奚负锦囊"，说明在唐代实实在在是有将锦缝制成囊的现象。那么囊是什么样子的？简言之，囊展平就是一只四四方方的口袋。为方便携带，人们往往在口袋封口处缝有带子，可以将囊收紧。吴则礼《赠子发》"平生三尺古锦囊"，陈杰《重过西湖感事》"二尺锦囊香宇宙"，说的是囊的大小一般是在两尺到三尺之间，算起来大约相当于一个背包的容量。

再看囊的颜色。杨嗣复《赠毛仙翁》"王母亲缝紫锦囊"，梅尧臣《和范景仁王景彝殿中杂题三十八首并次韵其三》"叶底风吹紫锦囊",说明唐宋时都可用紫色锦缝制锦囊。苏轼《读道藏》"盛以丹锦囊",杨冠卿《又渔社李先生宠以和篇复用韵》"置之红锦囊",说明又有红色锦囊。还有青色,如蔡襄《观宋中道家藏书画》"朱函青锦囊",白玉蟾《丹丘同王茶干李县尉高会》"叩我青锦囊"。梅尧臣《雷逸老以仿石鼓文见遗因呈祭酒吴公》"书成大轴绿锦装",可见还有绿色。还有其他印有纹饰的锦囊,如卢纶《奉陪侍中游石笋溪十二韵》"彩蛤攒锦囊",韩偓《无题》"锦囊霞彩烂"。从这些丰富的色彩我们就可以推测出,锦囊并不是简单随意地缝好就可以了,而是主人精心制作而成的。这也就意味着并不是什么东西都配用锦囊来装的。

那什么东西才配用锦囊来装?第一种是书,如前者之"奚负锦囊"。

第二种是类似于诸葛亮"锦囊妙计"的用途。"锦囊妙计"代表的是一种未卜先知的能力,也是一种安邦定国的本领,而这正是无数读书人的希冀。李白《颍阳别元丹丘之淮阳》"我有锦囊诀",《登峨嵋山》"果得锦囊术",所指的就是这种用途。诸葛亮的锦囊里面装的是"妙计",而其他十分重要的东西,比如前面所说的书画、信件,甚至琴、琵琶、箫、扇子等,都可以用锦囊把它们装起来(图86)。

第三种是香料。贯休《山居诗二十四首》"锦囊香麝语啾啾",徐夤《再幸华清宫》"锦囊香在忆当时",其中的"囊"都

图86　锦囊，明·杜堇《玩古图》局部

是指香囊。将香料放于囊中，主要是供随身携带。杨冠卿《古有采鞠茱萸篇而无一语及渊明长房旧事鞠茱》"囊纱紫臂玉"，王安石《公辟枉道见过获闻新诗因叙叹仰》"锦囊佳丽敌西施"，说的都是身佩香囊的美人。同时它也可以挂在室内固定地点，比如徐陵《杂曲》"流苏锦帐挂香囊"，可以将之挂于帐幔之间，一为熏香，二为美观。

锦囊还是皇帝的赏赐之物。张纲《蝶恋花》"锦囊行拜恩封贵"，赵长卿《感皇恩》"锦囊多感，又更新来伤酒，断肠无语凭阑久"。当皇帝认为某人当赏时，通常赏赐的东西就不止一样，而锦囊就可用来装这些赏赐之物。这一现象在《红楼梦》中仍有体现：五十三回贾蓉领回的春祭赏赐就是用一个"黄布口袋"装起来的。

王建《镜听词》"重绣锦囊磨镜面"为我们提供了锦囊的又一种用处：遮铜镜。古人认为镜子是很容易"摄人魂魄"的东西，所以但凡是妖怪都经不住一面"照妖镜"的检验。正因如此，在古典小说里"镜子"就成了很厉害的法器。人也是有魂魄的，而魂魄这种东西又是属阴性的，所以人也不可以经常对着镜子。出于这个逻辑，在先民的日常生活中，镜子在不用的时候的确是需要遮起来的，这从杜牧《阿房宫赋》"明星荧荧，开妆镜也"这个句子中可以看出：有"开"自然就有"合"。《红楼梦》中贾宝玉房间里的穿衣镜不用时丫鬟们也是把它遮起来的，理由同上。然而，从常理上看，镜子是天天都需要用到的东西，不可能把它装得很严实，否则拿进拿出实在不方便。这个时候，用锦囊自上而下往铜镜上一套，将囊的封口处的带子一结，这样是不是既方便实用又很美观呢？　"重绣"，说明囊上面还有精致的绣花。

　　除了锦囊，常见的还有用纱缝制的囊。一般来说，纱囊多用于盛放香料，制成香囊（图87）。宋代无名氏《浣溪沙》"绀纱囊薄为谁香"，王珪《宫词》"绛纱囊佩木香花"，楼钥《谢潘端叔惠红梅》"麝脐薰彻绛纱囊"，都能明显看出香囊是用纱做的。

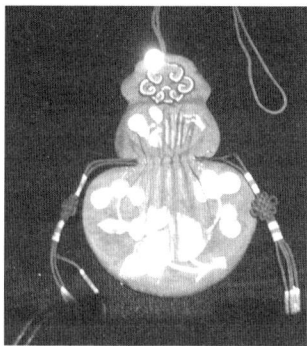

图87　清代香囊，中国丝绸博物馆藏

　　既用作香囊，颜色必定就很喜庆。李贺《恼公》"囊用绛纱缝"，欧阳修《浪淘沙》"绛纱囊里水晶丸"，陈宓《荔子》"天垂甘露绛纱囊"，刘子翚《郡圃观酴醸》"细蕊摘贮绛纱囊",王迈《红蛛》"直垂一颗绛纱囊",曾几《食杨梅三首》"何妨盛著绛纱囊",无一例外都是"绛"色。"绛"也就是大红色,可见红色的纱是缝制香囊的首选。

除此以外,还有杨万里《谢木韫之舍人分送讲筵赐茶》"吴绫缝囊染菊水",可见也有"绫囊",但相对较为少见。

诗歌里并无对香囊尺寸的描述。宋代陈杰《重过西湖感事》"二尺锦囊香宇宙"中虽然有"香",但是这个囊从常理上推断不应该是香囊,那得费多少香料!而对读书人而言,"书香"才是至高无上的香,所以,陈杰《重过西湖感事》那二尺锦囊里装的就应该是书,是借用李贺的典故,而不是描述美人们佩戴的香囊。结合明代高启《端午席上咏美人彩索钗符二首》"灵篆贮纱囊",我们大概可以推测出纱囊的尺寸:它仅可容纳一方印章大小的东西,这个大小基本上就比较正常了,既便于携带又不浪费香料。

(四)滤酒工具

当年李白喝的酒是"金樽清酒斗十千",而杜甫则比较穷,所以他"潦倒新停浊酒杯"。可见"清酒"比较高级,而"浊酒"则不太讲究。古人的酒大约相当于今天的米酒,刚发酵好的酒就是所谓的"浊酒",处于固体和液体未分离的状态;而"清酒"则是指过滤之后的酒。这样想来,"清酒"理应比"浊酒"要贵才对。

滤酒需要工具,古人的滤酒工具现在看起来有点好笑,就是跟头巾差不多的纱巾或者葛巾。假如不那么讲究的话，甚至可以直接摘下头巾来滤酒。雍陶《寄永乐殷尧藩明府》"头巾漉酒临黄菊"，白居易《效陶潜体诗十六首》"头戴漉酒巾"，"漉"即"滤"，摘下头巾滤酒喝是陶渊明的经典形象。刘克庄《春日六言十二首》"吾渴脱巾漉酒"，陆游《春晚书怀》"脱巾漉酒从人笑"，苏辙《和毛君新葺困庵船斋》"脱巾漉酒鬓鬖鬖"，张耒《次韵盛居中夜饮》"每愿脱巾常漉酒"，这些诗句所表现出来的可能就是诗人模仿陶渊明"脱巾漉酒"的旷达，同时也说明头巾的确可以用来滤酒。

头巾通常由纱和葛两种面料制成，"酒巾"自然相同。梅尧臣《答宣城张主簿遗鸦山茶次其韵》"不重漉酒纱"，曾协《次翁士秀喜雪长咏》"索酒仍催葛巾漉"，可见两种面料都可用于滤酒。但正如头巾里纱巾的地位高于葛巾一样，凡用葛巾滤酒的人必然不会是达官贵人。

用头巾滤酒只是一种生活态度的象征，真正适用的还是专门的"酒巾"。杜范《和会之二绝》"不辞漉酒污巾纱"，假如滤的是高粱酒，这块纱巾一定会被染色，很难洗掉，再说用头巾滤酒还是不卫生，所以普通人家应该是准备好一块或多块纱巾专门用来滤酒。牟巘五《希年初度老友王希宣扁舟远访凤谊甚厚贶以十》"有酒巾可漉"，梅尧臣《答宣城张主簿遗鸦山茶次其韵》"不重漉酒纱"，说明的确有专门滤酒的纱巾。唐代戎昱《闰春宴花溪严侍御庄》"瓶开巾漉酒"，宋代潘大临《春日书怀》"酒熟拈巾漉",描述的就是酒熟了开坛滤酒的场景,"拈"字极有表现力,表达了对美酒的期待。权德舆《送许著作分司东都》"宾朋争漉酒",这个画面更加热闹:一坛酒送了上来,一群人七手八脚把酒瓮打开,再抢着把纱巾打开滤酒。这群人"漉酒"不仅是为了喝到口味更纯正的"清酒",同时更可能是觉得好玩。

那么纱巾滤酒的效果怎样呢?卢纶《无题》"醉语惟夸漉酒巾",喝醉以后只一个劲儿夸漉酒巾好。其实夸"漉酒巾"侧面就反映出了酒好,说明滤的酒很"清",喝在嘴里口感很好,越喝越多也就喝醉了。但是,无论这酒怎么清,都不可能达到今天的白酒这种透明度。陆游《立春前后连日风雨》"巾漉酒微浑",说明滤后的"清酒"也不是绝对的"清",而是处于"微浑"的状态。

二、出行用具

(一)船帆

有时候会觉得古人简直把丝绸用到了极致:若在今天,无论你去哪家店购买了丝织品,导购员都会提醒你要小心洗涤,使用中性洗涤剂,悬挂阴干不能曝晒,诸如此类。之所以要如此小心,是因为丝绸面料的柔弱与珍贵需要我们加倍爱惜。丝绸在哪个时代都是珍贵的,即便是在纺织技术发达的今天,同款的丝织物品较之其他面料的制品总会贵些。然而古人对待锦帛却不像我们今天这般谨小慎微。"遍地绫罗"可说并不过分:他们把寸锦寸金的蜀锦拿去做帷、幕，甚至把蜀锦用于制作船帆！

试想，他们就这样把那么珍贵的蜀锦毫不吝惜地一幅一幅拼接起来，做成船帆！无论是烈日晴空还是风雨如晦，锦帆都要接受风吹、日晒、雨淋的考验。或许在今天我们觉得这有点暴殄天物，但在旧时人们却习以为常。温庭筠《相和歌辞代春江花月夜》"百幅锦帆风力满"，汪元量《湖州歌九十八首·其六十》"锦帆百幅碍斜阳"，汪元量《昝相公送锦被》"百幅锦帆风不动"，"百幅"锦才能缝成一副帆！即便这只是一个虚指的数字，我们也能凭常理推断出船帆的面积一定是很大的：在唐宋，船前行靠的就是风与帆的配合，如果帆太小，则无法兜住风力，所以船与帆的大小成正比。

不能把"锦帆"的"锦"理解为一个虚指的形容词，它实实在在就是指船帆的原料。王以宁《浣溪沙》"起看船头蜀锦张"，王令《九曲池悼古》"樯高帆系锦"，秦观《望海潮》"纹锦制帆"，都明确指出用于制作船帆的正是那极贵极华美的蜀锦。

我们不用参照当时的市场价格就可以知道用锦作帆的船造价一定是极其昂贵的。相应的，锦帆下面的船只应该很考究。辛弃疾《沁园春》"锦帆画舫行斋"，"画舫"就表明了该船制作程度的精美，"行斋"则暗示了它的体积不是很大。"斋"即格局较小且很精致的房子，也就是说，这只船的精美程度不亚于岸上任何一所讲究的房子。朱敦儒《踏莎行》"锦帆兰棹分春去"，"锦帆"与"兰棹"门当户对。张孝祥《浣溪沙》"稳泛仙舟上锦

帆"，张孝祥《虞美人》"锦帆风送彩舟来"，晁补之《蓦山溪》
"帆锦两明珠"，"仙舟""彩舟""明珠"同样说明此船一定是很
美的。像这样华美的船只，当然是奢侈品，自然就不是供普通百
姓使用的。

让我们来看看哪些人会使用锦帆。罗隐《中元夜泊淮口》
"锦帆天子狂魂魄"，被称为"锦帆天子"的正是那骄奢淫逸的隋
炀帝杨广。谌祐《句》"锦帆波荡帝隋舟"，汪元量《唐律寄呈父
凤山提举十首》"锦帆浩荡湿龙鸾"，晁说之《灵璧石有未上供者
狼藉两岸》"炀帝锦帆几来往"，为我们提供的正是当年他锦帆画
舫江中游的景象。这个皇帝肆意妄为，他一时兴起要去江南看
看，于是乘满载官员禁军与后宫佳丽的船一路浩浩荡荡地游历过
去。终于，百姓被他搞得怨声载道，黄庚《炀帝行宫》"君王不
复锦帆游"——君王都一命呜呼了，哪里还能驾锦帆而游？

隋炀帝的下场固然可叹，但我们更关注的是他所用的锦帆。
皇帝用的东西必定只是少数人的专利，所以，乘锦帆船者大抵非
富即贵。我们可以看看以下诗歌的题目，观察一下哪些人会乘锦
帆船离开：卢纶《奉陪浑侍中上巳日泛渭河》"青舸锦帆开"，朱
庆馀《送唐中丞开淘西湖夏日游泛因书示郡人》"锦帆风起浪花
飘"，杜甫《送王十五判官扶侍还黔中》"风生洲渚锦帆开"，徐
铉《送元帅书记高郎中出为婺源建威军使》"记室戎装挂锦帆"，
包佶《送日本国聘贺使晁巨卿东归》"锦帆乘风转"，方干《送
睦州侯郎中赴阙》"旌旗已侍锦帆风"，温庭筠《题城南杜邠公林

亭》"隋家堤畔锦帆风"，沈继祖《送洪内翰知太平府》"帆锦落天东"，姜特立《平原郡王南园诗二十一首代藏春》"锦帆一夜下扬州"，郭印《送郑宣抚三首》"楚江天阔锦帆飞"……"中丞""建威军使""日本国聘贺使"等说明这些人全都是高官。而这一阶层的人正好与"锦"高贵的面料属性相一致。

从常理上判断，隋炀帝使用的锦帆船外观华丽的风格跟"锦帆画舫行斋"应该是一致的，但是船的体积应该比前者大多了。包佶《送日本国聘贺使晁巨卿东归》"锦帆乘风转"，从大唐到日本是需要过海的，所以也不可能乘小船，说明锦帆的作用不只是美观，而是确实有其实用价值——无论什么帆，首先是用来保障船只行走的重要工具，其次才是其他方面的附加价值。

那么锦帆好用吗？姜特立《平原郡王南园诗二十一首代藏春》"锦帆一夜下扬州"，吴文英《水龙吟》"锦帆一箭，携将春去"，由此可见用锦帆行驶的速度还是可以的。刘希夷《相和歌辞代江南曲八首》"锦帆冲浪湿"，葛天民《绝句》"千三百里锦帆游"，朱敦儒《水龙吟》"铁锁横江，锦帆冲浪，孙郎良苦"，曹勋《隋堤柳》"锦帆压奔流"，足见锦帆船并不是只能在风平浪静的湖里当摆设用的，而是能够乘风破浪，到达很远的地方。当然，诗人或许用了夸张手法，不能把他们的数据当成一个确数，但即便是夸张还是能看出他们陈述对象的基本特征，比如李白的"危楼高百尺，手可摘星辰"，那座楼在当时一定算是高的，同理，锦帆船在当时应当也算是很快的。其实想想，如果锦做的帆不具备良好的性能而只有华丽这一项优点的话，至少去日本的船只不会选择这种面料，毕竟海上的风浪不是开玩笑的。

如此精美的船再加上如此昂贵的帆，这样的船必定只在富庶的地方才会频繁出现。汪元量《湖州歌九十八首》"锦帆摇曳到扬州"，项安世《晴日迓江西师徐子宣》"吴城西上锦帆开"，艾性夫《大佛头》"锦帆翠楫照吴川"，三首诗提及的都是地处江南的东吴。"扬一益二"，自唐代以来吴越地区的经济就美名远扬，所以，"锦帆"出现在这样的地方一点也不奇怪。许棠《汴河十二韵》："空怀龙舸下，不见锦帆收。"从日日高挂的锦帆就不难想象当地的水路是多么的繁华，进而反映出当地有多么富裕。反之，蔡允恭《奉和出颍至淮应令》"渐见锦帆稀"，从题目上看，要走的人就是从经济相对富裕的地方到一个相对偏僻的地方，所以他看到的锦帆越来越少。穷的地方不会有那么多讲究，从造价上考虑就不会选择那么贵的锦，而会选择用麻或者葛之类的帆布。所以从这个角度上看，锦帆完全可以作为衡量地方经济繁荣与否的一个标志（图88）。

我们甚至可以把诗人们描述锦帆的诗句连缀成一幅幅生动的画面：汤恢《八声甘州》"乐宸游、摇曳锦帆斜"，这是我们常见的公子王孙在湖上游玩的景象，若配上背景，它应该是波澜不兴、落日西斜。然而更足以展现锦帆优良性能的是另一种波澜壮阔的画面：汪元量《北征》"三宫锦帆张"——这是一个将军要出征的画面，他一声令下，所有的船帆都高高升起，再一声令下，告别父老，出发。"风卷锦帆飞"，这是船全速行驶的状态，高张的锦帆被风吹得鼓鼓的，就像满船将士的信心。然而，不是所有的地方都是一帆风顺的，江底有险滩，有礁石，所以，在江情险恶的地方，比如三峡，就需要像赵汝回《翠阆行饯宋廷材分教大宁》所说，"滟预堆前落锦帆"，必须把锦帆落下，减慢行驶速度才能保障船只平安。但假如这个时候风力又刚好很大，则"锦帆风力难收"。无论多难收，都一定得收下来才能活命，否则就很有可能不幸地樯倾楫摧进而葬身鱼腹。当然，假如这一系列问题都克服了，这一艘锦帆船就会成就将军的赫赫功勋。当他载誉归来，他的仕途便"长风破浪会有时，直挂云帆济沧海"了。

图88　古船模型，登州古船博物馆藏

（二）幄

富贵人家的出行是一桩大事。走水路，必备好锦帆兰棹，可以画船听雨眠；走陆路，则需要"锦幄"作为他们的行动居所——他们不会像普通人一样投宿客栈，无论到哪里，他们都有专属的私人住宅。

《释名·释床帐》："幄，屋也。以帛衣板，施之形如屋也。"我们可以简单地把"幄"理解为一所可以移动的房子，把它精减到最简单的状态就成了我们熟知的轿子（图89）。"锦幄"自然就是用锦做成的幄。王启原为我们还原了锦幄的制作过程："幄之制，必先立板，而后帛有所傅。自有幄已然。"也就是先用木板搭成主体骨架，然后用锦当墙面。唐代康骈《剧谈录·曲江》："都人游玩，盛于中和上巳之节，彩幄翠帱，匝于堤岸，鲜车健马，比肩击毂。"描述的是当年曲江宴游的盛况，"彩幄翠帱"说明了他们的幄色彩是多么艳丽——本来锦的特征就是色泽鲜艳富丽，用它制成幄，也应该艳丽才对。宋代姚勉《海棠一夜为风吹尽三首》"不作天开锦幄红"，仇远《凤凰阁》"扑扑红楼锦幄"，说明当时用红锦做的幄较为常见。

图89 宋·佚名《迎銮图》局部

总的来说，有两类人需要用幄：一类人是行军打仗的将军，他们需要"运筹帷幄"，陈允平《满路花》"青毡锦幄，四壁新装裹"所指即为此类。另一类人即《剧谈录·曲江》所述的外出游玩或公干的大户人家。陈允平《思佳客》"锦幄沉沉宝篆残"，"宝篆"可理解为印章，持有印章的人不外乎是些达官贵人，可见住在锦幄里的人身份都比较尊贵。

锦幄的精致程度丝毫不亚于他们的固定居所（图90）。李白《捣衣篇》"琼筵宝幄连枝锦"，表明该锦幄的图

图90 锦幄，金·张瑀《文姬归汉图》局部

案为花木连枝。温庭筠《题翠微寺二十二韵》："岚湿金铺外，溪鸣锦幄傍。"选一个山清水秀的地方，安置好明艳亮丽的锦幄，然后就可以纵情于山水了。宋代无名氏《抛球乐》"琼筵镇起，金炉烟重，香凝锦幄"，曾觌《眼儿媚》"锦幄兽香残"，沈说《闺词》"密幄香烧锦瑟横"，说明幄里仍然保持了熏香的奢华习惯。潘妗《牡丹》"翠屏锦幄护香"，司马光《次韵和冲卿中秋胧月》"岂无锦幄翠帘垂"，林景熙《草花》"锦幄照帘栊"，郭应祥《鹊桥仙》"不用罗帷锦幄"，吴儆《寄题郑集之醉梦斋》"象床綮锦幄"，从中我们可以看出锦幄里面的陈设：有屏、有帘、有帷、有高级的床铺，外加熏香，和这些人的家里几无二致。

锦幄里面的生活状态也与家中没多大区别。周紫芝《生查子》"锦幄双鸾戏"，赵长卿《祝英台近》"因念锦幄香衾"，周邦彦《少年游》"锦幄初温，兽香不断，相对坐调笙"，韩淲《醉蓬莱》"锦幄初温，宝杯深劝，舞回香雪"，哪里都少不了美人的倩影——饮酒携妓，这本来就是文人们理想的诗酒生活。美人有了，酒自然就该上场了：黄庭坚《次韵张仲谋过酺池寺斋》"十年醉锦幄"，陆游《忆山南》"暮醉笙歌锦幄中"，吴则礼《书事》"独怜醉处锦成幄"。其实"酒"之于文人恰如脂粉之于美人：脂粉不可能使一个老妇变成一个美人，却可以把一个美人变得更美；流浪汉喝醉了是醉鬼，但文人醉生梦死却另有一番意境。这些文人们，高兴了得喝酒庆祝，抑郁了得举杯消愁，孤独了就举杯邀明月，失意了就对酒当歌，总之酒是不能少的，在哪里都一样，又岂会因在家里或在幄中有所区别！当然，他们也不只是喝酒，喝茶也有另一种趣味：洪咨夔《风流子》"锦幄醉茶"，在锦幄里把茶都能喝到"醉"的状态，这需要多么好的心境！

杨万里《上巳日予与沈虞卿、尤延之、莫仲谦招陆务观》"东风吹我入锦幄"，此句极为生动：时逢三月，这天杨万里做东，请一帮朋友到户外踏春、喝酒、聊天，眼看人都到齐了，就缺一个陆游，于是主人赋诗一首催他："东风都来了，务观，你还不来？"从《兰亭集序》到《剧谈录·曲江》再到杨万里的诗，我们可以得知上巳这天自古以来就是一个很重要也很热闹的节日。按惯例，人们在这天都会外出行修禊之礼，《兰亭集序》对这一节日的过程有详细记载。吴则礼《忆昨呈元老》"锦幄晓行春"描述的也是在春天的早上乘着锦幄外出的场景。胡寅《和德施赏金沙》"锦幄又经春"，姚勉《催海棠二首》"天开锦幄烘晴昼"，也都能看出春天的特征。由此可见幄主要是供达官贵人们外出使用的。

（三）鞍鞯

马是古代最常用的交通工具，拉车亦可，单骑也可，总之都少不了马。穿戴华美的贵人们不可能忽视对坐骑的打扮，所以，各式各样的关于马的配套设施就应运而生了。在这些配饰中，唱主角的依然是锦、罗。

图91　元·钱选《杨贵妃上马图》局部

岑参《卫节度赤骠马歌》"玉鞍锦鞯黄金勒"，这可以视为古代"豪马"的标准装备："鞍""鞯""勒"三个重要部分分别由"玉""锦""黄金"做成。"鞍"从"革"从"安"，即放在马背上使人的臀部有合适着落点的皮革座位；"鞯"是衬在"鞍"下面的垫子；"勒"即"辔头"，是套在马头上带嚼子的笼头（图91）。自古以来，豪华坐骑都少不了"锦"这个元素：徐陵《紫骝马》"金鞍锦覆幪"，顾况《露青竹杖歌》"金鞍玉勒锦连乾"，苏辙《寒雨》"貂裘据锦鞍"，戴表元《题子昂照夜白》"风前新解锦鞍鞯"，刘辰翁《意难忘》"曾锦鞍呼妓"，将一段好锦往马上一搭，策马而过时仅凭锦的亮丽色彩就可以吸引许多人的注目。当然，"罗"也可以制作马的鞍鞯，比如王山《答盈盈》"竟日烜赫罗雕鞍"，也是具备炫富功能的豪华装备。

如果再加上刺绣，做成"绣鞍"就更精美了。韦庄《浣溪沙》"绣鞍骢马一声嘶"，苏轼《书韩干牧马图》"金羁玉勒绣罗鞍"，周必大《送王龟龄赴越州宗丞》"玉勒绣罗鞍"，辛弃疾《满江红》"行乐处，轻裘缓带，绣鞍金络"，足见其豪华。如此豪华的马自然不是平常人享用得起的：王庭珪《感皇恩》"金榜篆云，银鞍披绣。归去天香满衣袖"，宋白《宫词》"绣鞍新辔饰玫瑰"，从题目上看就知道跟皇帝是有关系的，而皇帝的用品就是奢华的象征。胡仲弓《题杨妃上马娇图》"侍儿扶上绣鞍来"，杨贵妃是万千宠爱于一身的妃子，她骑的马当然应该极为豪华才合情合理。韩琮《公子行》"鞍绣坐云霞"，描述的是一个"富二代"出行的画面，"云霞"般耀眼是他的鞍鞯给路人最直观的感受。郑獬《好事近》"谢娘扶下绣鞍来"，"谢娘"原指晋王凝之妻谢道韫，一说为唐朝宰相李德裕家的歌女谢秋娘，但不管是谁，总归都是倍受宠爱的女子，所以用的是华丽的"绣鞍"。

俗话说"好马配好鞍"，反过来也一样，好的鞍鞯配的一般也是好马。孙光宪《清平乐》"绣鞍骢马空归"，韦庄《浣溪沙》"绣鞍骢马一声嘶"，曾觌《金人捧露盘》"绣鞍金勒跃青骢"，相传苏小小当年与她的阮郎一见钟情时也是"妾乘油壁车，郎跨青骢马"，可见"青骢马"多年来在人们心目中都留有极好的印象。"青"在古代可代指现代的"黑"，所以"青骢马"应该是一种黑白杂色的马，蹄子雪白，而黑色的毛发油亮，想来就应该是匹骏马。岑参《卫节度赤骠马歌》"玉鞍锦鞯黄金勒"，节度使是位高官，而岑参专门为他的赤骠马写诗歌咏，可见这匹赤骠马一定是很令节度使引以为傲的马。崔涯《嘲李端端》"觅得黄骝鞍绣鞍"，有了"黄骝"之后就要想法给它配套"绣鞍"，可见黄骝马也是一种好马。晁端礼《玉楼宴》"绣鞍纵骄马"，梅尧臣

《次韵和永叔退朝马上见寄兼呈子华原甫》"驰道南头跃锦鞍"，"骄马"和"驰"都给人以速度感——想象一下一匹锦绣装饰的骏马疾驰而过的身影！总之无论是从"鞍"看还是从"马"看，宋代王同祖《湖上》一语中的："绣毂狨鞍富贵家"，"富贵"是关键词。

那么"锦鞍"通常有哪些颜色呢？苏轼《次韵孔文仲推官见赠》"金鞍冒翠锦"，梅尧臣《送王省副宝臣北使》"银鞍翠锦鞯"，可见有翠绿色。还有紫色，比如周文璞《即事二首》"蛮衣紫锦鞍"。也有红色，比如戴表元《题番阳徐氏双头牡丹图》"朱鞍锦辔踏春风"。当然还有各种绚烂纹饰的锦鞍，如楼钥《经筵讲诗彻章进诗》"雕鞍绚锦鞯"。总之都以明亮色调为主。

关于"锦鞍"或者"罗鞍"还有一个很有意思的"使用说明"：当马鞍暂时不用的时候，一般都是用罗帕或者锦帕把它遮盖起来的。程邻《西江月》"阶下宝鞍罗帕"，我们甚至可以据此叙述出一个故事：某位达官贵人外出访友，到达目的地之后，马鞍被卸下来，马被牵去一边饮水吃草，而守在"阶下"的仆人就拿出罗帕来把马鞍遮住。不久，访友结束，罗帕揭开，主人上马，一班人马原路返回。杜甫《骢马行》"银鞍却覆香罗帕"，强至《送河北转运燕刑部被命充三司副使》"紫丝新帕覆银鞍"，蔡楠《念奴娇》"罗覆银鞍"，这些诗句也都可以看出古人对马鞍很爱惜，需用丝帕遮盖马鞍。当然，其实古人的许多东西都是用漂亮的丝帕来遮的，比如凳子（图92），这再次说明古人的奢华——连遮灰尘的布都是丝绸做的，更何谈其他？

图92 唐·佚名《宫乐图》（台北故宫博物院藏）

（四）华盖

在壁画中我们不难发现这样的画面：一个体型丰硕的君王面对着一群俯首作揖的大臣，君王的头顶上高高地树立着一个随风飘动的圆形宝盖，这就是华盖。张说《扈从南出雀鼠谷》"迟日宜华盖"，周密《木兰花慢》"盖罗障暑，泛青苹、乱舞五云裳"，说明华盖的实用功能是遮阳。根据惠洪《千秋岁》"手搴轻罗盖"，我们大概可以把华盖理解为今天的阳伞。

　　事实上华盖的"身份标志"功能远远大于其实用功能。储光羲《望幸亭》"云中仰华盖",方回《次韵汪以南闲居漫吟十首》"帝居华盖尊",说明华盖仅用于王室,一般人是不能用的。从古代绘画作品中我们可以看到,无论有无遮阳的需要,华盖都要出现,可见它就是一种身份的象征,是仪仗里的必需品(图93)。

　　但是宗教不在受限之列。赵嘏《赠道者》"华盖飘飘绿鬓翁",曾丰《题豁然亭》"从教宝藏空华盖",马廷鸾《梓潼帝君祠》"锦幡兮宝盖",说明和尚、道士和相关传说中的神仙也是可以使用华盖的(图94)。

图93　宋·佚名《十八学士图》局部

图94　山西洪洞水神庙壁画《抬伞执食》

　　我们能看到的华盖色彩都十分艳丽,红黄绿都有。但就诗歌而言，最多的还是用翠绿色的罗裁制而成的华盖。陆机《前缓声歌》"翩翩翠盖罗"，说明当时就有这一形制的华盖。后来人们多用华盖来形容荷叶，因二者无论是颜色还是形状都有相似之处，如张抡《醉落魄》"绿罗盖底争红白"，赵彦端《鹊桥仙》"绿罗宝盖碧琼竿"，辛弃疾《菩萨蛮》"翠罗盖底倾城色"，陈允平《八声甘州》"遥认青罗盖底"。这些"翠罗盖"或者"青罗盖"所指均为荷叶，由此我们可以推测翠绿色的罗盖必不少见，否则不可能用它来作喻体。

（五）步障

今天的明星或者政要们出现的时候往往需要"清场"，闲杂人等一律回避。"清场"的方式有两种：要么将不相干的人请到其他区域，要么就干脆用布把现场重重围起来。追溯起来这两种手段其实都是古已有之的。

遮挡外人视线的布在古时称为"步障"。顾名思义，"步障"就是屏蔽闲杂人等的一种布幔（图95）。古人用来在路上遮蔽视线的也是各种美丽的丝绸：宋白《牡丹诗十首》"锦为行障绣为衾"，刘过《海棠得无字》"步障蜀州锦"，王柏《和易岩兄芙蓉吟》"蜀锦步帐数千里"，陆游《梦中作》"锦裁步障贮婵娟"，都表明在当时人们使用的步障是用蜀锦制成。侯寘《减字木兰花》"人在青罗步障间"，黄庭坚《观化十五首》"红罗步障三十里"，赵彦端《鹊桥仙》"来时夹道，红罗步障，已换青丝翠羽"，这说明当时也用各种颜色的罗制作步障。刘禹锡《三月三日与乐天及河南李尹奉陪裴令公泛洛禊》"人夸绫步障",杨万里《明发黄土冤过高路》"青绫步障买无钱",可见又有青色的绫做的步障。还有紫色的:葛立方《卫卿叔自青旸寄诗一卷以饮酒果核殽味烹茶

图95　明·仇英《临肖照中兴瑞应图卷》局部

斋》"紫丝步障百里长",毛滂《曹使君置酒石桥山用肉字韵作诗见招不果往复》"紫丝步障破烟霏"。总之,达官贵人们都是用各种丝绸来当步障的。

一般而言,步障的规模都比较大。李商隐《隋宫》:"乘兴南游不戒严,九重谁省谏书函。春风举国裁宫锦,半作障泥半作帆。"隋炀帝就这么气派:全国的锦帛,一半被他用来当步障用了,还有一半做了他的船帆。韦应物《金谷园歌》"锦为步障四十里",赵昂《婆罗门引》"十里锦丝步障"中的"四十里"或"十里"或许都是夸张,但是,结合元代杨奂《金谷行》"千金买步障",我们可以推断出这些步障造价必然不菲。

如果要说实用价值的话,它唯一的用途就在于遮挡视线。王之道《和余时中元夕二首》"步障拥佳人",陆游《寺楼月夜醉

中戏作》"旋围步障换罗衣"：步障一挡，就形成了一个相对私密的场所，无论是"拥佳人"还是"换罗衣"，这些事情毕竟不好在公共场合完成，有了步障这些问题就解决了。至于其他的用处，实在寥寥无几。王迈《和马伯庸尚书四绝句》"步障随车起暗尘"，如此昂贵的锦帛，仅仅用来在满是灰尘的路边遮挡视线，美则美矣，却是杀鸡用牛刀，于情于理都说不通的。姜特立意识到了这件事情有多浪费，所以他在《平原郡王南园诗二十一首代夹芳》说："步障不须西蜀锦。"的确，步障完全可以用另一种相对廉价的面料替代而无须如此铺张。但王侯将相不这样想，他们更在乎的是美，以及他们的威仪，至于其他，似乎无须多虑。

（六）地衣

丝绸的用处多种多样，你觉得最不可思议的是用丝绸来做什么？如此华贵的蜀锦还能被浪费到什么样的程度？如果告诉你把它铺在地上当地毯，你会不会觉得过于奢侈？但事实上古人的确就是这么做的。

古时称地毯为地衣。其用处与今天大致相同，室内室外皆可用到，然而"地衣"这一称谓似更为形象。

在歌舞、宴饮等场合地衣是不可缺少的。花蕊夫人《宫词》"蜀锦地衣呈队舞"，人们将蜀锦铺在地上供美人舞蹈以相娱乐。宋白《宫词》"龙脑天香撒地衣"，"龙脑天香"如此名贵，但一个"撒"字则彰显出使用者满不在乎的气度——这当然要以雄厚的财力为支撑。不难想象，与之相配的地衣当然就不能是普普通通的材料。和凝《宫词百首》"地衣初展瑞霞融",渐次展开的地衣逐渐呈现出它灿若云霞的形象,你大可以想象当它全部展开后会何等壮观!这些都是对宫廷奢华生活的直接描述。

室外出行当然就更少不了地衣了。事实上通过前面的论述我们已经感知到,"风尘仆仆"这个词语是不适用于达官贵人们的,他们的生活并不会因为出行在外就减少奢华程度。薛涛《春郊游眺寄孙处士二首》"夹缬笼裙绣地衣":春天来了,夫人小姐们决定结伴春游,看她们精美的绣裙拖在精美的绣花地衣上,这就是对"相得益彰"的最佳诠释。杨万里《郡圃晓步因登披僊阁四首》"白锦地衣红锦障",柳永《凤栖梧》"蜀锦地衣丝步障",无论是步障还是地衣,都由名贵的蜀锦制成。看起来难以置信,但其实是好理解的:古代的公路并非是和今天一样的柏油路面,它只是由简单的夯土筑成,所以路面在晴天往往尘土飞扬,在雨天则泥泞不堪。步障用于防空中的扬尘,地衣则用于隔断地面上的尘土。试想,那些夹缬笼裙绣花鞋在尘土中行走会怎样?自然影响其美观,所以需要地衣来充当临时的"固化路面"。这一实用的习俗之后又发展为一种礼仪,凡重要人物出场往往就会以铺地毯的形式来彰显其身份。延续至今,各大政要、明星出席正式场合时"走红毯"就成了一个必不可少的环节。

但是用作地衣的话,蜀锦还算不上极品。比蜀锦还要好的地衣叫"红线毯"。白居易《红线毯》:

红线毯，择蚕缲丝清水煮，拣丝练线红蓝染。

染为红线红于蓝，织作披香殿上毯。披香殿广十丈余，红线织成可殿铺。

彩丝茸茸香拂拂，线软花虚不胜物。美人蹋上歌舞来，罗袜绣鞋随步没。

太原毯涩毳缕硬，蜀都褥薄锦花冷。不如此毯温且柔，年年十月来宣州。

宣州太守加样织，自谓为臣能竭力。百夫同担进宫中，线厚丝多卷不得。

宣州太守知不知？一丈毯，千两丝，地不知寒人要暖，少夺人衣作地衣！

首先，白居易记载的"红线毯"规模是很大的："披香殿广十丈余，红线织成可殿铺。"十丈余，三十几米的宽度，而蚕丝织就的红线毯却可以把这宫殿的地面全部覆盖起来。其次，其花色是极美的，质感自然也是极好的："彩丝茸茸香拂拂，线软花虚不胜物。"彩色丝线织就的地毯又软又厚，花色随脚步踩踏而变幻不定。"太原毯涩毳缕硬，蜀都褥薄锦花冷"，嫌太原的毛毯太硬，又嫌蜀锦太薄，铺地上不暖和，唯有宣州的红线毯铺上去才恰到好处，可见这是一个多么会享受的皇帝。这么一比，就把蜀锦的贵气比下去了。但除了皇帝，再也没有谁敢如此挑剔，即便是像晏殊的家族这样的富贵人家也鲜有关于地衣的记载。所以说，穷奢极欲终归还是有一个尽头的。

参考文献

1.（汉）许慎：《说文解字》，北京：中华书局，2006 年。

2.（清）彭定求等编：《全唐诗》，延吉：延边人民出版社，2004 年。

3 唐圭璋编：《全宋词》，北京：中华书局，1965 年。

4. 傅璇琮等编： 《全宋诗》，北京：北京大学出版社，1993 年。

5. 徐颂列：《唐诗服饰词语研究》，杭州：浙江教育出版社，2008 年。

6. 高春明：《中国历代服饰艺术》，北京：中国青年出版社，2009 年。

7. 黄能福、陈娟娟、黄钢编著：《服饰中华——中华服饰七千年》，北京：清华大学出版社，2011 年。

8. 徐德明主编： 《中华丝绸文化》，北京：中华书局，2012 年。

9. 赵刚、张技术、徐思民编著：《中国服装史》，北京：清华大学出版社，2013 年。

10. 黄能馥、乔巧玲：《衣冠天下：中国服装图史》，北京：中华书局，2009 年。

11. 王维堤：《衣冠古国——中国服饰文化》，上海：上海古籍出版社，1991 年。

12. 张渭源、王传铭主编：《服饰辞典》，北京：中国纺织出版社，2011 年。

13. 王其钧：《中国建筑史》，北京：中国电力出版社，2012 年。

后　记

　　本书主要写于 2014 年暑假。盛夏的阳光经层层过滤后其实并不太热，朋友圈里每天更新着各种图片，旅游、逛街、游泳，这些暑假的活动当时都不属于我。我像一个勤劳的农夫一样每天日出而作，日落而息，从早到晚面对着电脑，在键盘与书本之间追随诗人神游八方。夏日如此寂静，知了的叫声时而遥远，时而清晰。妹妹有时会坐在我对面写作业，她的数理化我根本看不懂，我的文章倒偶尔可以成为她的消遣。这样的时光日复一日，当时我就不以为苦，如今想来更是美好的回忆。

　　开学回到杭州，工作之余继续修改整理。我已经忘了修改过多少遍，总之每修改一遍便会心有所得，每放置一段时间后再拿出来看又会发现需要修改的地方。这一过程使我由衷体会到著述的不易。虽然写作时乐在其中，但真要形成一本于人于己都觉得满意的作品还是不容易的。修改，再加上写作前的资料搜集，这两样的时间加起来远远大于写作的时间。我就想到我的老师，还有若干年前的先贤们，他们需要多少时间放在写作上才能完成那些皇皇巨著！就算他们写作比我有效率，我想那也是不容易的。

由此我看到了他们潜心治学的态度，愈加尊敬他们。见贤思齐，我不敢奢望自己能像他们一样博学，但反观自身，我又怎能放任自己的懒惰而得过且过？两年过去，现在总算到了定稿的时间。也难说自己就觉得很满意了，更何况他人？但我愿把这当作一个开端，以此自勉，学无止境。

　　本书得以出版要感谢很多人。首先要谢谢华南师范大学文学院的戴伟华老师，如非他同意，我便不会有这次学习写作的经历。想起以前在大学城旁听戴老师讲唐诗，就觉得十分美好。其次要谢谢师妹张悦欢女士和暨南大学出版社的编辑刘晶女士，这二位不厌其烦地为我一次次传稿、审阅，才有了这本书。还要谢谢我的家人、师长、朋友们，你们的关心和支持始终是我前行的动力。谢谢挚友余琳，我相信无论世事如何，你我始终如一。

　　两年的时间在岁月的长河里根本不算什么，但这两年对于我个人而言却有着重要的意义。珠珠从无到有，妹妹高中毕业，学生又送走一届，两年里遇见许多人许多事，这些都丰富着我对这个世界的认识。就让我们为彼此祝福，愿我们都能拥有无憾的人生。

曾　艳
2016 年 4 月